プラチナ文庫

Platinum Label

新妻と獣な旦那さま

柊平ハルモ

"Niizuma to Kemono na Dannasama"

presented by Harumo Kuibira

プランタン出版

イラスト／壱也

目次

※本作品の内容はすべてフィクションです。

〝おまえが、俺の花嫁か〟

問いかけられ、瑞宝《ずいほう》はうつむきがちだった視線をあげる。

眼差《まなざ》しの先にいるのは、狼……――そして、『夫』だ。

深い森や山に棲《す》み、怖れられ、時として人に狩られるような狼ではない。人間よりもずっと大きく、まるで輝く宝石のような白銀の毛並みをしていた。

瞳は金色だが、燐光《りんこう》の輝きを帯びており、よく研ぎ澄まされた刃が弾《はじ》く光のように、鋭く輝いていた。

〝名前は？〟

問いかけてくる声は、鼓膜を揺するわけではない。頭の中に直接響いているかのようだ。この銀狼は人語を解すだけではなく、不思議な力で言葉を伝えてくる。

人間を、大きく越えた存在。

――山の神だと言っていた。

神、という言葉を嚙《か》みしめる。

聖なる存在を怖《おそ》れることはないのだと、自分に言い聞かせるためにも。

瑞宝は、ゆっくりと息を吐いた。そうすることで、なんとか気持ちを落ち着けようとする。

ずっと、心も気持ちも張り詰めていた。少しでも気を抜いたら、全身が震えて止まらなくなってしまいそうで。

狼に『神』と名乗られても、すんなりと信じることはできない。なぜなら、それは怖れるべき存在だと、子どもの頃から言い聞かされてきたのだから。

瑞宝の生まれた華南《かなん》の国は、豊穣《ほうじょう》の神である青海貴人《せいかいきじん》の加護により、肥沃な土地に恵まれた。

当然、華南の国の者たちは、青海貴人を自分たちの守り神として奉《たてまつ》っている。

また、皇帝になる権利がある者は、みんな青海貴人の血を受け継いでいた。今の皇族である、瑞宝たちの先祖も同じだ。

青海貴人には、夜の女神である黒夜《こくや》公主《こうしゅ》という宿敵がいる。狼は、彼女の眷属とも言われていた。

つまり、瑞宝たちにとっても、狼は生まれながらにして敵対する存在なのだ。

それでも、目の前の銀狼は瑞宝たちを助けてくれた。

人間は持ちあわせていない、おおいなる力で。

もっとも、彼はやはり瑞宝たちを加護する神ではないのだと思う。助けるために、条件を示してきたのだから。

そして、瑞宝は『ここ』に立っている。

狼の望んだ条件を果たすために。

自分の生まれた意味を、肯《うべな》うために。

望み、望まれてここにいる。

覚悟は決めたはずだ。しかし、こうして狼と二人っきりになれば、やはり恐怖が先に立つ。

幼い頃から繰り返し、青海貴人と黒夜公主の戦いの物語を聞かされてきた。

神々の戦いは、華南の国においては、もっとも普遍的に幼子に語られるお伽噺《とぎばなし》。人から隔てられて育てられた瑞宝すら、その物語には馴染《なじ》み深かった。

お伽噺の狼は、常に悪役だ。彼らは黒夜公主に仕えていて、華南の国に害を為すために働くのだから。

いくら命の恩人だとはいえ、そうそう恐怖心を拭《ぬぐ》えるものではない。

瑞宝は、じっと異形の者を見つめる。

これから、彼と共に生きて行かなくてはならない。

瑞宝は、朱の絹糸に金糸を織りこみ、鳥と花の図案を描いた豪奢《ごうしゃ》な布で仕立てあげた衣装を身にまとっていた。

髪は結いあげるほどの長さがなかったけれども、苦心してまとめられ、羽を広げた鳥の冠で飾られている。

華南の国の伝統的な花嫁装束を身にまとい、瑞宝は狼の花嫁になるのだ。

この目の前の獣の妻に。

それが、華南の国が助かるための条件。

獣に……——しかも、敵と言われて育った存在に嫁《とつ》ぐのだ。恐ろしいに決まっている。

けれども、瑞宝は逃げられない。

逃げない、と決めた。

——わたしは、華南の皇族なのだから。

自分に言い聞かせるように、心の中で呟《つぶや》く。

——約束は、守らなくては。

言葉は、瑞宝を縛るまじないだ。

望んで、縛られたっていい。

〝どうした、言葉がわからないか〟

立っているだけで精一杯の瑞宝に、狼は重ねて尋ねてきた。

意を決して、瑞宝は口を開く。

「瑞宝と申します。……華南の皇帝の末の息子です」

〝瑞宝か。よい名前だ〟

狼の言葉に、瑞宝は複雑な微笑みを浮かべてしまった。

この名は、瑞宝にとっては生きる意味。

そして、苦しみの始まりでもあった。

一章

「お城が、妾《わたくし》たちの城が燃えている……」

呻《うめ》くように呟いて、姉公主《あねひめ》の一人がその場に崩れた。

しかし、周りの誰一人として動けない。

自分を支えるのが精一杯で、誰も彼女に手を差し伸べることができなかったのだ。

皆が固唾《かたず》を飲み、身を寄せあい、暁の空を焦がすように燃えあがる炎を眺めていた。無力感に、身を浸しながら。

この世の終わりを見た顔とは、このことか。表情が強張り、青ざめた頬《ほお》には、赤々と燃え上がる炎が映えていた。

皇族の集まりから少し離れたところに佇み、燃え落ちる城を眺めながら、瑞宝もまた、息が詰まるほどの衝撃を受けている。

頭から被《かぶ》った布を、押さえる手は震えつづけている。

これから、どうなってしまうのだろうか。しかし、皇族はみな運命を共に……——と言われたとしても、瑞宝には現実感がわかない。

瑞宝にとって、皇族という立場は我が身そのものでありながらも、遠い存在でしかなかった。

皇帝の末の息子として生まれたものの、兄妹姉妹をはじめとする皇族たちに交わらないように生きてきた。当然、こんなふうに、皇族と同じところにいるなんてことも、今まではなかった。

だが、非常時だ。

父帝の命により、燃え落ちる城から皇族と共に逃れることを許された瑞宝は、姿を隠すように布を被っていた。

こんなふうに、皆の前に姿を表わすのはいつ以来だろうか。

血がつながった人たちではあるが、言葉を交すのも、彼らの視界に入ることすら遠慮があった。だから、そっと片隅で小さくなっている。

そうしている間にも、宮城は燃えつづけている。いい想い出はない場所であっても、自分が生まれ育った場所だ。ただひたすら、不安と怖れが膨れあがっていく。

華南の国の宮城は、城下町ごと堅牢《けんろう》な城壁で囲まれ、背後に切り立った崖を背負い、難攻不落を謳《うた》われた。

しかし、敵国に攻め入られた今、為《な》す術《すべ》もない。先祖伝来の隠し通路から辛くも崖の上まで逃れていた、皇族や腹心の臣下、侍女たちの目の前で、落ちないはずの宮城が燃えあがっていた。

隣国、鉱業と機械作りにかけて名高い蒼平《そうへい》の国が、豊かな作物実る華南の国への武力侵攻を始めて、一ヶ月ほどになる。

華南の国の将兵たちは、故郷を守るために、誰もがよく戦った。

しかし、勇猛で知られている蒼平の兵たちの前では、穏やかな国民性だと言われる華南の民などは、無力に等しかった。

その結果、こうして追い詰められてしまったのだ。

もう華南の国は終わり――。

「公主、お泣きにならないで」

側仕えの侍女が、抱きあげた幼い妹《いもうとひめ》公主をあやしている。

彼女はまだ、三歳になったばかりの末の妹だ。恐怖のためか、火がついたように泣き叫んでいた。顔を真っ赤にして、呼吸も苦しそうだ。

彼女ではなくても、戦乱など経験したことのない華南の皇族にとって、落城という現実は受け入れられるものではない。放心し、方策もないまま立ち尽くすのみだ。

「妾《わたくし》たち、これからどうなってしまうのでしょう……」

姉妹たちは、身を寄せあって啜《すす》り泣く。

男兄弟は、さすがに泣きはしないものの、虚脱しきった表情になっていた。

父帝は、子供たちから少し離れた場所で、厳しい表情をしていた。彼もまた、戦う方法も知らず、こうして逃れてきたのだ。

後宮を擁《よう》する華南の皇帝には、瑞宝を含めてたくさんの親族がいる。

皇子公主たちは皆父帝と行動を共にしているが、父帝の妃たちは、すでに散り散りとなって逃げているはずだ。

華南では伝統的に、女は嫁いでも実家に連なるものと見なされるため、いざとなったら彼女たちが頼っていくのは、みずからの実家だった。

そのため、皇子も公主も皆、頼れるのは父帝だけだ。

ただ、母妃の実家が残っている兄弟たちは、たとえ父帝が亡くなっても、いざとなったら逃げおおせることができるかもしれない。

なにせ、母親が先に逃げのびているのだから。

しかし、瑞宝だけは違う。

瑞宝の母はすでに亡くなっていた。

母妃は、華南の国でも古い家柄を誇った貴族の出身だった。

美貌を謳われ、熱望されて父帝の後宮に入ったということもあり、とても気位が高い人だったそうだ。

そして、その気位の高さゆえに死を選んだ。

瑞宝は小さく息をついた。

母妃の無残な死を振り返り、自分の未来を思う。

母妃が生きていたとしても、瑞宝の味方になってくれたかどうか。

そして、母の実家もきっと、瑞宝に関わろうとしないだろう。そこには、瑞宝にとっては祖父母にあたる人たちがいるが、いまだ一度も顔を合わせたことがない。

なにせ瑞宝は、生まれてきたことを、存在そのものも、この世の誰にも祝福されなかった。

しかし今は、自分よりも国の行く末が心配だ。

武断でもって知られる蒼平の国に支配されたら、今までのように民は穏やかに暮らせなくなるのではないか。

それに、父帝や兄弟姉妹たちはどうなってしまうのだろう?

敗北した国の皇族に対する処遇は、過酷なものと古えより決まっていた。

明るい未来を、思い描くことはできない。

──私は、この場を去ったほうがいいのだろうか。

皇族として、彼らと行動を共にしていることすら、気が引けてきた。

瑞宝は、この国の不幸の象徴だ。

今は、宮城が燃えている衝撃が大きすぎて、誰も何も言わない。でも、この場にいる誰かひとりでも疑いを口にしたら、瑞宝の存在に対する不安と猜疑《さいぎ》は野火のように広がるだろう。

落城は、瑞宝が生まれてきたせいだ、と。

──母上が自害したのも、今日という日を予見していたからだろうか……。

己という存在の忌《いま》わしさが、瑞宝を苛《さいな》む。なぜ、自分は生まれてきてしまったのだろう。

こんな、醜《みにく》い姿で。

母妃を絶望させてまで。

「……誰か、我が国を助けてくれる者があれば、その者の望みとおりに、なんでも褒美を取らせるのに」

父帝は、疲れきったように呟いた。
小さな声だが、不安と恐怖に張り詰めていた空気の中で、その声は重く響いていた。
その時だ。
朗々とした声が鳴り響いた。

〝その言葉、偽りはないな？〟

——……今の、なに？
瑞宝は、はっと顔を上げた。
まるで頭の中に直接響くような、不思議な声だったのだ。
「狼……!?」
姉公主の一人が、怯《おび》えきった悲鳴を上げる。
その言葉に、周囲は騒然とした。
じりっと、全員が一歩後ずさる。
姉公主の言うとおり、空から舞い降りるようにして、大きな狼が現れた。
美しい白銀の毛並は、この世のものとは思えないほど見事なものだった。

声にならない悲鳴を、皆が上げる。

どれだけ美しかろうとも、華南の国において狼は不吉の使者だ。

この国に加護を与えてくれるといわれる豊穣の神、青海貴人。その敵たる黒夜公主の眷属が、狼なのだ。

華南の皇族には、青海貴人の血が混じっている。そのため、皇族は誰しも狼を恐れ、忌避した。

それなのに、こんな追い詰められた状況で、狼が現れた。

これが、不吉でなくてなんなのか。

怯えと不安に、混乱が拍車をかけようとしていた。

しかし瑞宝は、その狼に視線を吸い寄せられてしまった。

——綺麗《きれい》だ……。

狼に、そんな感想を抱くなんて間違っているのかもしれない。しかし、それが瑞宝の素直な本音だった。

人間よりも大きな、銀色の狼。

ふさふさした毛並みには、高貴さすら漂っていた。

乳母のお伽噺に出てくる狼には、本気で怯えていたというのに。

狼は、皇族を一瞥《いちべつ》した。

〝答えろ。あの軍勢を追い払ったら、望みの褒美をとらせるというのは、本当なんだな？〟

人語を解する狼。これが、ただの獣であるはずがない。

まさか、黒夜公主の眷属だろうか？

ならば、青海貴人の血を受けた華南の皇族を助けてくれるなんて信じられない。

罠ではないのか。

この場にいる誰もが、疑っているだろう。

僅かな希望にも縋《すが》りたいという想いと、敵の眷属への警戒心にがんじがらめにされて、誰も容易に動けなくなる。

そんなふうに動揺する皇族たちには目もくれず、狼はひたりと父帝に視線を据え、重ねて尋ねた。

〝おまえが皇帝だろう。答えろ、褒美は望みのままだというのは本当か〟

父帝は小さく震え、しばらく口を利かなかった。

当然ながら、警戒しているに違いない。

しかし、やがて「ああ……」と、父帝は小声で呻いた。

助けてくれるのならば、何にでも縋りたいということかもしれない。

もともと気性の穏やかな文官肌の人だった。その評価は、気の小ささと優柔不断の裏返しでもある。

そんな人が、決断した。

相手が得体の知れない、己の血にとっては敵とも言える存在だろうと、この窮地をどうにかしてくれるというのなら、賭けずにいられなかったのかもしれない。

神話の敵ではなく、実在の敵、隣国の人間に命を脅《おびや》かされている今、お伽噺を怖れている場合ではなかった。守護神である青海貴人は、気まぐれで、人間同士の争いにはあまり手を出さない神だ。今回の件も、まったく託宣を与えてくれない。

「頼む、助けてくれ。褒美は望みのままだ」

〝約束は違《たが》えるではないぞ〟

狼は身を翻すと、崖から飛び降りる。

——……嘘。

瑞宝は瞠目《どうもく》した。

狼が空を駆ける。

まるで、白銀の矢のように、素速い身のこなしだった。

どよめきとともに、誰もが狼の後ろ姿を見送る。

「あれは魔物か？」

父帝は、不安そうに呟いた。

魔物に対して、迂闊《うかつ》なことを言ってしまったのか……――そう、後悔しているのかもしれない。

また、魔物であれば、人知を超えた力で、この窮地を救ってくれるのではないかという、期待が籠もっているようにも聞こえた。

魔物にしては、狼は美しすぎる。瑞宝はそう思ったが、黙っていた。

父帝に自分から声をかけるなんて、あまりにも畏れ多い。

やがて狼の姿が消えたかと思うと、辺りを揺るがすような咆吼《ほうこう》が聞こえてきた。

怖ろしいというよりも、朗々として、他を圧倒するような声だった。

その途端、遠い戦場に異変が起きた。

波が引くように、蒼平の兵の旗が後退しはじめたのだ。

＊　＊　＊

瑞宝たちは、事の成り行きを見ていただけだった。

蒼平の兵たちが蜘蛛《くも》の子を散らしたように逃げ出し、城を舐《な》めようとしていた炎が一気に消える様を。

皇族も、臣下たちも、固唾を呑んでその様を見つめていた。

あの狼は、ただ者ではない。

神に近い存在に違いない。

そうでなければ、こんな奇跡を起こせるはずがない……――おそらく、その場にいた誰もが、そう考えただろう。

「助かった……、のか?」

兄皇子の誰かが、ぽつりと呟いた。

緊張の糸が解けたかのように、誰ともなく息をつく。

危機を脱した。

だからこそ、浮かんだ疑問が口を突くのだろう。

「しかし、なぜ黒夜公主の眷属が我らを助ける?」

「褒美が欲しいのではないか」

「なぜ我らから……。しかも、あれほどの力がある者が、いったいどんな褒美を欲しがるというのだ」

「そもそも、ただの眷属にあのような力があるのか？」

皆、もっともな疑問だった。

それほどまでに、目の前で見せられた狼の力は圧倒的だったのだ。

絶体絶命の窮地から救われた。

けれども、安堵《あんど》はなかった。

それどころか、これからのことを考えると、不安で胸がいっぱいになる。自分たちはどうなってしまうのか、と。

それに、あの狼はいったい何を望むのか――。

騒然とした場に、銀色の狼は戻ってきた。

彼は、ひらりと父帝の前に舞い降りる。

銀色の毛並みは、やはりこの世のものとは思えないほど美しかった。

〝幻術で、敵は惑わした〟

どこから響いてくるのかわからない、厳《おごそ》かな声で彼は言う。

〝宮城の炎も消してやった。……さらに敵兵を完全にこの国から追い出してほしければ、まずは先に褒美を渡してもらおうか〟

強大な力を見せつけられては、今の華南の皇族に、狼の申し出を拒むことなどできようはずもない。

「しかし……。褒美、とは？　それだけの力を持ちながら、まだ欲するものがあるというのか」

父帝は、ためらいがちに尋ねる。

まるで神のような力を持つ狼。彼の正体はわからないが、人間をはるかに凌駕《りょうが》した力を持っていることは間違いない。

そんな彼が、いったい何を人間に乞うというのだろう。

人間が与えることができる程度のものであれば、この狼ならば思いどおりに手に入ってしまいそうなのに。

欲しがるよりも先に、得ることができるだろうに。

〝俺にも、手に入らないものがある〟

狼の金色の瞳が、ぎらつくように輝く。

〝血だ〟

狼の望みは、あまりにも思いがけないものだった。

〝青海貴人に連なる、華南の皇族の血が欲しい〟

しんと静まりかえったあと、また皇族たちはざわめきはじめる。

「血……?」

皇族は、おのおの顔を見合わせる。

誰もが、青ざめていた。

もしかして、生《い》け贄《にえ》を差しだせというつもりなのか?

不吉な生き物である狼の望みは、やはり血なまぐさいものだった。

――黒夜公主の眷属だから? 黒夜公主も美しい女神だというし、だからこの狼も美しいのだろうか。敵対する青海貴人を仰《あお》ぐ一族の命を、とろうとしているのかもしれない。

被布の縁を握りしめる瑞宝の掌は、いつのまにか汗をかいていた。

もし生け贄を望まれたとしたら、いったい誰が?

兄弟の誰かが犠牲になるなんて、考えたくもない。

狼は、じろじろと皇族を見回した。

寄り添い、震える公主たちを。

〝青海貴人の血を引く花嫁が、俺には必要なのだ。陰陽の交わりをかわす相手が欲しい〟

その申し出は、あまりにも予想外なものだった。

「な……っ」

思わず、瑞宝は声を上げていた。

そのはしたなさに気づいて、慌てて両手で口を塞《ふさ》ぐ。

かっと頬が赤くなった。

しかし、動揺したのは瑞宝だけではない。

ある程度の年齢に達しているものたちは、みな顔を赤くし、狼狽《ろうばい》している。

狼が、生々しく何を望んでいるのか、わかるからだ。

一番上の姉、元公主《げんこうしゅ》と尊称される人など、今にも泣きだしそうな顔で肩を震わせていた。

彼女には婚約者がいる。

しかし、元公主としての義務を求められたら、この場の空気の中で「いや」ということはできないだろう。

気位高く、勝ち気な姉公主が、辺り憚《はばか》らずに顔を涙でぐしゃぐしゃにしている。泣き声こそ上げないが、大粒の涙をこぼしていた。

袖で顔を覆うようにして、彼女はその場にうずくまってしまった。

彼女の気持ちは、誰もがわかる。

だから、言葉を失うしかなかった。

陰陽の交わり。

それはつまり、この狼と夫婦として交わるということだ。

——禽獣《もうじゅう》と閨を共にするなんて……。

おぞましさのあまり、公主たちが動揺するのも仕方がない。

獣の花嫁になんて、誰がなりたいというのか。

生け贄を望まれるほうが、恐怖はあれど、嫌悪感はなかったかもしれない。

獣の花嫁になる話は、お伽噺の中には存在する。しかし物語は必ず、乙女たちが汚される前に助けだされて終わるのだ。

でも、現実に、助けは来てくれるのだろうか。

〝俺は、東の海の向こうにある国からやってきた、御武王《みたけおう》という〟

この場の拒絶の空気は、感じているのだろう。狼は、泣いている子をあやすような口調になった。

〝今はゆえあってこの姿をしているが、かの国では神の一人だった。神の花嫁として、華南の皇族を所望するのだ。名誉だと思え〟

傲然《ごうぜん》と言い放つ狼は、たしかに神々しく光輝いていた。

「……狼の花嫁なんて……」

「神と名乗られても、どうして信じることができましょう」

「神は人と似た姿をしているはずなのに……。獣の姿をしているなど、魔物の証《あかし》ではありませんか」

小さな声だが、誰もが憤慨している。

城は焼け落ちたとはいえ、後宮部分は辛うじて残っていた。皇族は皆、後宮にしつらえられた父帝の部屋に集まっている。

せっかく城に戻ることができたというのに、公主たちはさめざめと泣きつづけていた。

それは当然だろう。

たとえ御武王が正体を偽っていて、ただの魔物だとしても、誰かが花嫁にならなくてはならないのだ。

彼が蒼平の国の兵たちを撃退したのは間違いないのだから。

父帝の名において行われた契約は、絶対だ。守らなければ、新たな災いがもたらされるかもしれない。

御武王は約束どおり、敵を宮城から追い払った。落城した城が無事に奪いかえされたのもすべて、あの狼の手腕だ。

彼に見捨てられたら、華南の国は一巻の終わりだ。守られたのは宮城と城下町のみ。蒼平の国の大軍は、華南の国から退いたわけではなかった。

蒼平の国の脅威から、華南の国を守るのは、軍人たちの力では無理だ。御武王の力が必要だった。

みずから国を守る力がないというのは、こんなにも哀しく、不安なことなのか。他者に運命を委ねるということになるのだから……——そう、あらためて瑞宝は知った。

「なんでも褒美をとらせる」という約束は、果たされなければならない。

御武王は、「妻問いによい日に迎えに来る」と言い残し、そのまま去っていってしまった。

次の吉日は、四日後。

それまでに、誰が花嫁になるか決めなくてはいけない。

候補として真っ先に上げられるべきは、長姉である泰平元公主《たいへいげんこうしゃ》だろう。

だが、彼女には許婚者《いいなづけ》がいる。

次姉の楽浪公主《らくこうこうしゅ》も、三番めの吉祥公主《きつしょうこうしゅ》も事情は同じ。

そうなると、まだ婚約者のいない四番めの安寧公主《あんねいこうしゅ》にお鉢が回るということになるのだろうか。

それとも、やはり元公主として特別な地位にある泰平元公主が、その役目を果たすべきなのか。

暗黙のうちに、誰もが瑞宝と同じことを考えているのだろう。

泰平元公主と安寧公主は、周囲の視線を一身に浴びていた。

泰平元公主のほうは落ちつきを取り戻したようだが、安寧公主は辺りを憚らず泣いている。

離れた場所にいる瑞宝にも、「いやです、いやです」と泣きじゃくる安寧公主の声が聞こえてきた。誰もなにも彼女に言わないが、敏感に雰囲気を察して、獣の花嫁になることを全身で拒んでいるのだろう。

いつも自分の宮にこもりきりで、瑞宝はほとんど兄弟たちと交流はない。

兄弟どころか、父帝とも縁が薄いままだ。

だが、彼らのことを嫌っているわけではなかった。

姉妹たちの怖れと悲しみを感じると、自分のことのように胸が痛んだ。

でも、怖ろしい狼と契約をしてしまった父帝を責める気持ちにもなれなかった。

それほどまでに、追い詰められていたのだから。

なにがあっても、瑞宝は父帝に従うことを決めていた。

瑞宝の命が今もあるのは、父帝のおかげだ。感謝と崇敬の念は、揺るぎなく強いものだった。

もしかして、それさえも迷惑なことなのかもしれないが。

なにせ、瑞宝は不吉の象徴だった。

父帝は気が弱いのかもしれない。でも、優しい人だ。

瑞宝を……、醜い異形の息子を、皇子として遇してくれているのだから。

そして、卜《うらな》いに従って、「瑞宝」と名付けてくれた。

祝福されるべき、『宝』だと。

その宝の意味が、ちらりと頭を掠《かす》める。

瑞宝が生まれてすぐに殺されず、今まで生かされてきたのは、その卜いの内容ゆえだった。

実の母である白妃《はくひ》が、瑞宝を生んだことを恥じて自害したほど、瑞宝は醜い異形だ。

異形は人の世界からつまはじきされる魔であると同時に、神に近い存在とも考えられた。

父帝は、後者の考えから瑞宝を生かしてくれた。

祝福されるべき宝として。

いずれ華南の国は危機に見舞われるが、瑞宝によって救われるという、卜いの結果を信じて。

そして、不幸の印である瑞宝でも、その卜いの結果があったからこそ、世の中からひっそり身を隠しながら、今まで生きてくることが許されたのだ。

——そうだ、わたしなら。

はっと瑞宝は思いつく。

狼は、陰陽の交わりをかわしたいだけだという。

ならば、瑞宝でも事足りるのではないか？

——わたしは男だけれども……。女のかわりに、陰の役割を果たすこともできるはずだ。

た、たぶん、だけど……。

男は陽、女は陰、そして陽陰が交わるのが正しいとは言われている。けれども、例外があるということは、世情に疎《うと》い瑞宝でも知っていた。

実際に、そういう経験があるわけではない。忌まれるほど醜いこの身に、触れようとする者なんて、男も女もいなかった。

こんな瑞宝には、いかに狼といえど触れたくはないのではないか。

あの輝くように美しい銀の神ならば、尚のこと。

もしかしたら、狼のもとに嫁いでも、瑞宝ならば身を穢《けが》されずにすむかもしれない。

――でも、もし……。もしも、御武王と交わることになったとしても、それで国を救えるのなら……。

狼は怖い。

自分は男なのだから、その役割を果たせるかどうかもわからない。

瑞宝は花嫁にふさわしくないと、狼が拒むかもしれない。

それでも。

――あのトいが正しいなら、今、わたしは身を奉げるべきだ。華南の国を、救うために。

それこそが自分が今まで、生きながらえてきた意味ではないのか。

これ以上、父帝を悩ませたくはない。

姉妹を泣かせたくなかった。

瑞宝は決意を秘め、父帝の前に出る。

そして、跪《ひざまず》き手を組むと、そっと口を開いた。

「畏《おそ》れながら申し上げます、陛下」

「……瑞宝か、どうした」

父帝は、訝《いぶか》しげな表情になる。

いつもの瑞宝ならば、呼ばれない限り父帝の前に出ることはない。話しかけることなんてもっての外だったから、当然の反応だろう。

意を決し、瑞宝は顔を上げた。

「どうか、わたしをあの狼の花嫁として差しだしてください」

「な……っ」

父帝は絶句した。

あたりは、一気に静まりかえる。

「本気で言っているのか、瑞宝！」

「もちろんです」

瑞宝は、きびきびした口調で断言し、ずっと被っていた布を取り去った。

ひた隠しにしていた、我が身をさらす。

まとめていた髪が、肩に落ちた。

髪の色ひとつとっても、瑞宝は醜い。

赤子のころから、老人と似た真っ白な色だった。

皇族たちが、小さく息を呑《の》む。

瑞宝のことはよく知っていても、まのあたりにすると、やはり忌避感を隠せないのだろう。それは仕方ない。黒い髪、黒い瞳を持つのが自然のことで、瑞宝の姿形はありえないものだった。

「狼は、女でなくてはならないとも言っていません。青海貴人の血を引く身であればよいのなら、わたしでも約束を違えたことにはならないでしょう。……しかし、この醜い姿であれば、彼も容易に近づけますまい」

「瑞宝……」

父帝は、戸惑っている。

誰かを差しださなくてはならない。しかし、その「誰か」を父帝自身で決めることはためらわれる……――そう、迷っている顔をしていた。

たとえ、瑞宝のような者でも、犠牲にしがたいと思ってくれている。

その気持ちだけで、十分だ。

優しいが、優柔不断である父帝の背中を、瑞宝は押そうとする。

「それに、どうぞ此度《こたび》のことで、証立てをすることをお許しください」

「証立て？」

父帝は首を傾《かし》げた。

「わたしが確かに、青海貴人の血を引く……、陛下の子であるという証立てです。我が母、白妃ができなかったことです」

瑞宝は、そっと頭を垂れた。

「あの狼が本当に神だというのなら、わたしの血を証明してくれるでしょう。確かに、皇族であるのだと。陛下の子である、と」

それは、亡くなった母妃の悲願だ。

瑞宝は、顔も覚えていない。でも、彼女の無念の想いだけは知っている。知らずに、いられなかった。

「わたしは……、陛下の子であると、誰の前でも胸を張れるようになりたいのです」

異形の姿で生まれてきた瑞宝は、父帝の子であるか、疑いをかけられた。母の白妃は、不義を疑われた。

そして、誇りを傷つけられた白妃は、みずからの手で死を選んだ。

瑞宝が、なにかあっても母方の親族を頼れないのはそのためだ。

母妃と同じように、白氏も誇り高い一族だ。瑞宝のことも、母のことも、彼らにとっては一族の恥でしかない。

己の存在を恥じ、いつも瑞宝は俯《うつむ》いて暮らしてきた。

しかし今は、顔を上げる。

そして、じっと父の顔を見つめる。

思いを伝えるために。

異形の赤い瞳に、彼だけを映す。

「それに、卜い師は、わたしがいつの日か国を救う宝になるだろうと予言したそうではありませんか。今こそ、その予言が成就されようとしているのではないでしょうか。華南の国を、わたしが救えるかもしれません」

父帝は黙っている。

苦悩しているのだ、きっと。

瑞宝は、静かに父帝の答えを待った。

でも、答えを聞くまでもなく、父帝はひとつの結果を出すしかないはずだ。

父帝は、為政者として取捨選択が必要な場でも、なかなかそれができない人だった。ことに、他人に強制することは。非情な決断なら、なおさらだ。

泣いていやがっている姉妹と、自ら花嫁を志願した瑞宝と。父帝がどちらを選ぶかは、火を見るより明らかだった。

それでも、父帝の逡巡《しゅんじゅん》に情を感じ、瑞宝は泣きたいような気持ちになっていた。その躊《ため》躇《ら》いが父帝の中にあるだけで、自分は喜んで狼の花嫁になれる。

「……よかろう」

やがて父帝は、苦しげに頷いた。

瑞宝の予想どおりに。

「だが、余は……。証立てはなくとも、おまえを我が子と信じているぞ、瑞宝」

静かな声が、瑞宝の鼓膜を揺らす。

父帝から、瑞宝は最高の贈り物をもらった。

はなむけは、この言葉だけで十分だ。

「信じられなかったのは、おまえの母のみだ。美しく誇り高いが、弱い人であった」

瑞宝は、無言で頭を下げた。

父帝は、本当に人がいい。

瑞宝を産んだことで人生に絶望し、自刃して後宮を血に汚した母妃のことも、弱い人だったと同情している。

この父の子であることを、瑞宝は疑っていない。それは、亡くなった母を信じることにも通じていた。

そして、確かに父には我が子と思ってもらえているということが、瑞宝の支えになってくれる。

たとえ、余人に疎まれようとも。

奇異の目にさらされようと。

そして、変事の際には、必ず瑞宝のせいにするものが現われようとも。

今回の戦の雲行きが思わしくなくなった時にも、「あれのせいではないか」と名前を挙げずに宮城中で囁《ささや》かれていたことは知っている。

「あれ」というのは、宮城での瑞宝を示す言葉だ。

父帝くらいしか、瑞宝の名は呼んでくれない。

母妃の死のこともあり、瑞宝はそれほど不吉な存在として忌まれていた。

背後では、さざめきが少しずつ大きくなりつつあった。

安堵と戸惑いまじりの、声。

そして、滅多に姿を見せない瑞宝に対する、好奇心溢《あふ》れた眼差しもあった。

もうそんな視線に傷つくことなんて、なくなっていた。けれども、やっぱりちりりっと胸が焦げる。

でも、これでいい。

皇族として、国を守るという務めを果たせる。

この名の意義を示せるのだから。

——これ以上、望むことなんてない。

生まれてきた瑞宝を見て、母は絶望の叫びを上げたという。やがて彼女は、子の守りになるはずの短剣で、胸を刺したのだという。

瑞宝が異形の者だったから。

父帝とも、母妃とも、似ても似つかぬ姿をしていたから。

生まれてきたこと自体に、瑞宝は罪の意識を持っていた。

しかし、ここで父帝や国のために役に立てるのであれば、ほんの少しだけ、瑞宝は自分を許せる気がした。

＊　＊　＊

焼け残った後宮から、ありったけの装飾品が、瑞宝のために集められた。

もともと、嫁ぐ日を待って装飾品や調度品を集めていた姉公主たちもおり、花嫁衣装の材料には事欠かなかった。譲られた赤い布地に金の豪奢な刺繡《ししゅう》が入った花嫁衣装を着て、金の鳳凰《ほうおう》の花冠をかぶると、瑞宝の装いだけは花嫁らしいものになった。

赤は吉祥の色だが、瑞宝は嫌いだ。

まるで、自分の醜い瞳のようだから。

でも、今は我慢するしかない。

この赤い色は花嫁の証だ。

瑞宝の身支度をする侍女たちは、黙りこんだまま、黙々と瑞宝に衣装を着せてくれた。どことなく、彼女たちの手元がおぼつかないのは、瑞宝に触れたくないせいだ。だから、怖々としたものになっている。

瑞宝は異形なのだから、仕方がない。

いつもなら、瑞宝はひとりで着替えるのだけれども、さすがに女物の衣装ばかりは、みずからの手で着ることができなかった。

——こんなわたしが嫁いだら、あの御武王という狼は気を悪くするだろうか。

怖れられるのは、慣れている。

でも、少し心配になってきた。

——わたしが気に入らないという理由で、国を見捨てられたら、どうしよう。

御武王だって、自分にも選ぶ権利があると、主張するかもしれない。

——……しかし、美しいものが欲しいとは言わなかったのだから、契約を破ることにはならないはずだ。

彼も神だというのなら、人との約束事は守るだろう。遠い遠い昔から、神と人はそういう関係だった。

だからこそ人間も、神に祈り、誓いを守ろうとする。

瑞宝は、国のために狼に嫁ぐ。

そして、妻として、あの狼とまじわる。

獣に身を任せるなど、おぞましいにもほどがある。しかし、瑞宝は耐えるつもりだった。

自分の生きる意味を、そこに初めて見いだせたような気がしたから。

——食い殺されないようにしなくては。

不安な反面、瑞宝には勝算もあった。

御武王は、青海貴人の血を引くものと交わるということに拘《こだわ》っていたように思う。

どんな理由があるのかは知らないが、交わることが目的だとしたら、いくら瑞宝が醜くても、殺したりしないのではないか。

交わる気になれないかもしれないが、それは瑞宝としては願ったり叶ったりだ。

「瑞宝様……、お支度ができました」

「ああ、ありがとう」

侍女たちが、大きな鏡を運んできた。

しかし、瑞宝はそれを覗《のぞ》くことはない。さっと視線を下に向ける。

自分の姿なんて、見たくなかった。

どれほど着飾ろうと、瑞宝は醜い。

この華南の皇族にはありえない、色彩をまとって生まれてきてしまった。


我が身を恥じて、いつも被布で顔を隠していた瑞宝が、被布なしで大勢の前を歩くなんて、いつ以来だろう。

落城から、まだ数日。宮城のあちらこちらは、無残に焼けただれたままだ。でも、幸いなことに、後宮の主要な部分は無傷で残っていた。

瑞宝は花嫁装束を身にまとい、後宮の拝謁の間で父帝に挨拶をした。

長い袖を抱え上げるようにして跪き、冠を落とさないように気をつけながら、体をできるだけ小さくする。

「陛下に申し上げます。花嫁の支度ができました」

「……うむ」

周りに正装して立つ兄弟姉妹同様、父帝も苦りきった表情をしていた。

兄弟姉妹は、自分たちが嫁がずにすんでよかったと、ほっとしているとは思う。後味がいいものでもないのだろうが、かと言って、瑞宝に行くなとも言えないに違いない。そういう、困惑が辺りには漂っていた。

蒼平の国の軍は、彼方でも此方でも劣勢になっているという報告が入ってきた。その裏に、あの狼がいるのは間違いない。

この状況で御武王を手放すことなど、父帝にはできないはずだ。

父帝の性格から考えて、独断で誰か一人を指名し、強制的に嫁がせることなどできないだろう。瑞宝が名乗りでたことで、誰よりも彼が安堵しているはずだ。

父親としては、嘆いてくれているだろうか。

——……ならば、わたしはそれでいい。

瑞宝は、静かに覚悟を決めていた。

瑞宝はひっそりと一人で生き、一人で死ぬのだと思っていた。

生きていることが、まるで罪のようにも感じていた。

でも、その瑞宝が役に立つことができる。

狼とはいえ伴侶を得る。

その運命を受け入れ、大事にしよう。

そう、瑞宝は考えていた。

伴侶ができるなんて、自分のようなものになど、過ぎた幸福だ。

黙ったまま頭を垂れていると、ふいにざわめきが起こった。

思わず頭を上げる。どよめきは、自分の背後から聞こえる。振り返ると、拝謁の間の入り口にあの狼がいた。

美しい銀色の狼が。

――約束通り、花嫁を迎えに来た。

その言葉をきっかけに、瑞宝は父帝に別れの言葉を告げる。

「父上……、どうぞ幾久しく健やかに」

「……うむ。おまえもな」

父帝の言葉を合図にするように、瑞宝は立ち上がる。

そして、己の伴侶となる狼の前に出、そして跪いた。

花嫁が、夫たる男にそうするように。

男の身でも、女として彼に仕える。

それが瑞宝にできるのか、狼が受け入れてくれるのかすら、わからないけれども。

今は、誓うしかないのだ。

顔はあげられない。

異形の身を罵《ののし》られるだろうか。

不快を露わにされるだろうか。

楽観視はしていなかった。

蔑《さげす》むように見つめられても、顔を背けられても、当然だと思う。あれこれと想像していた瑞宝だが、御武王の態度はどちらでもなかった。

彼の視線は、真《ま》っ直《す》ぐ瑞宝を射抜いていた。

〝男か〟

彼の声は、気のせいか笑み混じりになる。

不気嫌な様子は、見られなかった。

〝美しいな〟

思いがけず、甘さすら含んだ声で、狼は囁く。

「え……」
瑞宝は、耳を疑った。
――美しいって……。聞き間違い、かな。
自分が美しいなんて、ありえない。
いったい、この狼は何を言っているのだろうか？
それとも、人ではない彼は、美に対しての感覚が違うのか。
とにかく、拒絶されずにすんでよかった。
これで、国の役に立てる。
父帝の子であるという、証立てをすることができる。
緊張がみなぎっていた体から、すっと力が抜けていく。
〝おまえが、俺の花嫁か〟
問いかけられ、瑞宝は静かに覚悟を決めた。
〝名前は？〟
「瑞宝と申します。華南の皇帝の末の息子です」
〝瑞宝か。よい名前だ〟
思いがけない優しい言葉に、瑞宝は胸を騒がせる。あらゆる感情とあいまって。

〝……さあ、俺の背中に乗れ〟
引き寄せられるように、瑞宝は狼に近寄った。
抵抗する気はなく、命じられるままその大きな背中に乗る。
毛並みは艶やかで、心地いい。でも、その毛に覆われた筋肉は鋼のようだった。
瑞宝が乗っても、びくともしない。
なんて逞《たくま》しい狼なのだろう。
そして、強いのだろうか。
〝しっかり捕まっていろよ〟
咆吼が辺りに響く。
狼は瑞宝を乗せ、音もなく飛び立った。

三章

いったい、どれほど遠くまで空を駆けただろうか。

銀の狼の背中に顔を埋めたまま、瑞宝には顔を上げる勇気もなかった。黙って、頬や髪に、風を感じていた。

不安で、逃げだしたくなる気持ちを、やりすごそうと。

ようやく身を起こせたのは、御武王がふたたび地面に降り立ってからだ。

ふわりと体が浮くような感覚とともに、瑞宝に吹き付けていた風が止んだ。

〝着いたぞ〟

一呼吸置いてから、瑞宝はそっと目を開けた。

獣身の神が瑞宝を導いたのは、木立に囲まれた小さな洞穴だった。

――ここは……？

洞窟の入り口を見つめ、瑞宝は首を傾げる。

山の中だということは、間違いない。宮城の北には高い峰があるが、そのどこかだろうか。

それとも、そんな近くではないのか。心なしか、暑く感じる。空気の匂いも、まったく宮城とは違い、水と熱を含んでいた。

とても静かで、鳥の声が聞こえる。

しかし、今はそれを愛《め》でる余裕がなかった。

自分の居場所がわからないことが、こんなにも不安を招くのだということを、瑞宝は初めて知った。

瑞宝は、宮城以外をほとんど知らない。

警戒心や怯えを抑えつつ、瑞宝は辺りを見回した。

そんな瑞宝に、銀狼が声をかけてくる。

〝今日からおまえは、ここで俺の妻として暮らすんだ〟

妻、という言葉が生々しい。

それが契約だということはわかっているものの、獣の妻と言われることへの本能的な忌避感は拭えそうもなかった。

そんな自分の気持ちをそっと呑みこみ、瑞宝は従順に頷《うなず》く。

「……はい、我が君」

両膝をついた瑞宝は、そっと胸の前で手を合わせた。

「お心のままに」

決意を声に滲《にじ》ませる。

獣の妻にされるということへの怖れも、使命感でねじ伏せようとする。

生まれてすぐ殺されてもおかしくなかった自分を、生かしてくれた人たちのために。

この身を捧げることが、国のためになるのだ。

たくさんの人を、皇族を、父帝を守ることができる……。

〝緊張しているな〟

御武王は、そっと瑞宝の頬を舐めた。

「……っ」

思わず、全身に震えが走る。

獣の舌はざらついていて、火傷しそうなほど熱かった。

反射的に飛び退《の》きそうになるが、なんとか堪《こら》える。

しかし、触れられてしまっている以上、瑞宝の反応はつぶさに狼に伝わってしまっているだろう。

彼への怯えも、不安も。

――どうしよう。

御武王は、気を悪くしないだろうか。

後ろめたさから、視線が下がりがちになる。

狼の妻となることが、自分の義務。国を救うことになる……――その一念で、瑞宝はなんとか取り乱さずにすんでいた。

こんな瑞宝の態度は、ひどい欺瞞《ぎまん》に見られはしないだろうか？

神も魔も、人ならざる生き物は、よくも悪くも嘘を嫌うという。

〝俺が、怖ろしいか〟

頭の芯に、声が響く。

どことなく、切なげにも聞こえた。

ひっそりと押し殺されてもなお滲む感情に、胸が痛んだ。

ふいに気づく。

周りの人に怖れられ、避けられていたのは、瑞宝自身もだ。

異形に生まれたことを哀《かな》しんだし、恥じた。なによりも、母妃を死に追いやった罪悪感で、どうにかなりそうだった。

瑞宝は、狼を同じ目に遭わせているのではないだろうか。

——わたしは、御武王から暴力を受けたわけでもないのに……。彼が狼というだけで、こんなにも怖れている。

人と異なっていることで、わけもなく怯えられ、遠ざけられる。そんな立場は辛くて、これが生まれてきてしまった罰なのかとまで思っていた。それなのに、狼に対する自分の態度と、宮城の人たちの態度と、いったいなにが違うというのだろうか。

「……申しわけありません」

俯き、瑞宝は呟いた。

〝おまえが謝ることなど、何もない〟

瑞宝と注意深く距離をとりながら、御武王は言う。

〝よく俺の妻になってくれた。獣神の妻になるなんて、勇気がいることだっただろうに。見かけはなよやかだが、心根は強いのだな〟

ねぎらいの言葉は、思いがけず優しかった。

——強い人は、あなただ。

瑞宝の怯えを、彼だって気がついているだろう。それなのに、彼の態度は揺らがない。好ましくない態度に、同様の態度で報復をしたりしない人なのだ。

――……優しい狼……。いや、優しい神、か。

彼は神か魔なのか、それすら、ただ人である瑞宝には真実を判断するのは難しい。だが、会話を重ねていくうちに、彼を知ることができた気がする。

その優しさと、強さを。

少しためらってから、瑞宝は問いかけた。

「我が君こそ、わたしではおいやではないですか？」

素直な気持ちで、本音を吐露《とろ》する。

いくら獣とはいえ、異形で醜い瑞宝を娶《めと》るなんて、抵抗があるのではないか。

妻として、侍《はべ》らせたくなんかないのではないか。

〝なぜだ〟

なにをわけのわからないことを、と御武王は言いたげな口調だった。

「……わたしは、このような姿に生まれついてしまいました。禍々《まがまが》しきものですから」

声を低めて、瑞宝は言う。

「侍女たちも、わたしには近づかず、触れようとしませんでした。尊い身分の方々は、なおのことです」

狼は、じっと瑞宝を見据える。

〝おまえは、美しい〟

凜とした言葉は、宮城で瑞宝と相対したときと同じだった。

瑞宝に軽く頬ずりしたかと思うと、狼はその舌で瑞宝の頬を舐める。

ごく軽い調子で。

「……っ！」

ざらついた舌の熱さに、思わず瑞宝は身を竦めた。

緊張も怖れも、入り混じる。

でも、不快さはない。

瑞宝の胸は、千々に乱れる。

瑞宝は、宮城の中で生かされていた。

けれども、まるでそこにいない存在であるかのように無視されていた。不吉な生まれである瑞宝に、誰が関りたがるだろう。瑞宝は、自分に対する人々の態度を、当然のこととして受けとめていた。

だから、御武王の態度が解せない。

なぜ、こんなふうに瑞宝に触れてくるのだろう。

青海貴人の血さえ引いていれば、たとえ不吉そのものの醜い姿をしている相手だろうと、妻にできるというのか。

——おまえを厭《いと》う理由はないだろう？

不思議そうに、御武王は言う。

「わたしは異形の者です。……ごらんの通り」

瑞宝は、そっと頭を垂れた。

老人のような白髪に、真っ赤な瞳。

白すぎる肌。

生まれた時から瑞宝は、この奇怪な姿かたちをしていた。

黒髪に黒い瞳の持ち主であることが、華南の皇族としては当たりまえのことだった。生まれてきた瑞宝を見て、誰もが顔を強張らせたという。

〝異形？　ああ、その髪や瞳の色のことか〟

「この世にあってはならない、おぞましい我が身です」

瑞宝は、静かに言う。

生まれながらに罪を得た者として、本当は存在してはいけなかった者としてできることは、ただ息をひそめていることだけだ。

孤独は罰だ。

そう思いながら、生きてきた。

〝何を言うかと思ったら〟

御武王は笑う。

〝何度でも言うが、おまえは美しい〟

「我が君……」

幼子に言い聞かせるように繰りかえされ、瑞宝はとまどいがちの上目遣いになる。

御武王は、もう一度瑞宝に頬ずりしてきた。

柔らかで、そしてあたたかい毛並みをしていた。

〝まるで絹のように柔らかく、滑らかな白い肌。紅玉のような瞳は清々しいほど澄んでいる。慎《つつ》ましやかに小さなくちびるは可憐《かれん》で、愛《いと》おしいとしか思えん〟

心の底から瑞宝を愛でるかのような口調で、御武王は言う。

「………っ」

瑞宝は、思わず言葉を失った。

〝愛おしい、だなんて……〟

じわっと、こみあげてくるものがある。

なんだか、顔を上げていられなくなる。

自分に、そんなふうに言ってくれる人が現れるなんて、信じられない。

それがたとえ、獣の姿をした神であろうとも。

〝おまえは、俺の妻だ。俺の前では、小さくなって俯いたりするな。その美しい顔を、よく俺に見せてくれ〟

頬が熱い。

――どうしよう。

美しいなんて、顔を見せてくれだなんて、どうして御武王はそんなことを言ってくれるのだろうか。

生まれてはじめてかけてもらえる言葉には、戸惑うしかない。

瑞宝の頬は、真っ赤になってしまった。

相手が人ならざる者だろうと、肩から力が抜けていく。

瑞宝は、そんなふうに褒めてもらえることに慣れていない。

そして、気やすく、親しみをこめて触れてもらえることにも。

「……我が君、わたしは……」

はにかむように、口ごもる。

言葉は続かない。

何を言えばいいのか、わからなかった。

思えば、こんなふうに親しげな距離で、誰かと言葉をかわすのもはじめてだった。

「御武王」

上手く、言葉を紡げない。かわりに、彼の名を呼ばずにはいられなかった。

胸の奥から迫《せ》り上がる感情に、声が押しだされるかのように、思わず呼びかけていた。

「わたし……」

御武王は、瑞宝から目を背けないでいてくれる。そのことも、瑞宝を積極的にさせていた。

〝洞穴に入れ〟

御武王の声は、どことなく優しく響く。

その優しさゆえ、形にならない瑞宝の言葉の先を遮ったのだろう。多くを言葉にすることはない……――そう言われているような気がした。

〝ここが、おまえの居所になる〟

洞穴に入る手前で、彼は悠然と振り返った。

ゆらりと尾が揺れる。

上にあげられたそれは、上機嫌であることを示しているかのようだった。

これから、瑞宝はこの洞穴で暮らす。

瑞宝は小さく息をつく。

獣の妻になるなんて、今まで考えたこともなかった。

男の身だし、自分のような者は、誰とも触れあうことはないまま朽《く》ち果てるのだとばかり思っていた。

そんな立場の瑞宝でも、獣の妻になることへの怖れはあった。

けれども、それればかりではない感情が、胸に湧いてくる。

もし辛いことがあっても、御武王の傍《そば》なら耐えられるのではないか。

忌避感すらも、いつか乗り越えられるのではないのか。

そんな気が、した。

それに、御武王が瑞宝に対して、無体な真似をするとは思えない。

だって、獣の身であっても、触れてくる彼はこんなにも優しく、あたたかい。

「はい、我が君」

肩の力を抜き、ごく自然に顔を上げられる日が来るなんて、想像したこともなかった。

導かれた洞穴の中には、想像外の設《しつら》えがされていた。

地面の上には錦の織物が敷き詰められ、足の裏を優しく包んでくれる。

岩肌を隠すようにかけられた壁掛けも、豪奢なものだった。

寝台は、おそらく黒檀《こくたん》。置かれた木製の調度品にはすべて、螺鈿《らでん》の細工が施されていた。

「これは……」

瑞宝は、思わず息を呑む。

宮城にあっても質素な暮らしをしてきた瑞宝にとって、洞穴の中はまばゆいばかりに感じられた。

獣のように、洞穴で丸まって眠ることも覚悟してきた。

まさかこんなふうに……――人間らしい生活の場を与えられるなんて、思ってもみなかったのだ。

狼である御武王には、こんな場は必要ないだろう。

それなのに、こうして人の子の暮らしにあわせようとしてくれているだろう心遣いに、怯えも薄れていく気がした。

どうしても、悪いほうへ悪いほうへと想像をしてしまっていた。だから瑞宝は、これからの生活を、あまりいいものと考えられなかった。

でも、予想は裏切られつづけている。

瑞宝を気遣ってくれる御武王に、申しわけないことをしてしまった。

〝四日しかなかったから、必要最低限のものしかない。欲しいものがあれば、言うがいい〟

「わざわざ、わたしのために準備をしてくださったのですね」

頰染めて、瑞宝は御武王の前に跪いた。

「ありがとうございます、我が君」

〝この身には必要ないが、おまえは人の子だろう。妻の身の周りの支度をしてやるのは、夫の義務だ〟

御武王の声は優しく、まさしく頼りがいのある夫のものにしか聞こえなかった。

青海貴人の血を引く相手だったら誰でもいい、というようなことを彼は言っていた。

自分は条件に合っているゆえに求められたにすぎないと思っていたが、御武王はちゃんと瑞宝のことを考えていてくれたのだ。

胸の中が、ふんわりとあたたまったような気がする。

〝気に入ったか〟

「もちろんです」

瑞宝は、頰を綻《ほころ》ばせる。

御武王の気遣いが、本当に嬉しかった。

生まれてはじめて、自分に与えられた情の温かさに、瑞宝は感動していた。

〝いい笑顔じゃないか。ずっとそういう顔をしていればよい〟

なにせ狼だから、御武王の顔を見て感情を読み取るのは難しい。

だが、今の彼はとても優しく感じられた。

太くたくましい尾は、ゆらゆらゆっくり揺れている。

──もしかしたら、上手くやっていけるかもしれない。

いくら狼の姿をしているとはいえ、彼には感情がある。

そして、瑞宝にもまた。

それならば、心を通じあわせ、共に生きていくことは難しくないのかもしれない。

「わたしのために、こんなにも気遣いいただけるのが……嬉しくて」

微笑むと、御武王は瑞宝の指先を舐めた。

〝おまえは不思議な奴だな。卑屈なようでいて、他人の気持ちには素直すぎるほど素直だ。

……それに、儚《はかな》げに見えるというのに、心の強さを感じる。俺の突然の妻問いに、よくぞ答えたものだ〟

「我が君には、宮城を救っていただきました。さらに、華南の国を守るという父帝とのお約束を果たしていただけるのであれば、わたしも我が君とのお約束は果たします」

〝獣のこの身の、妻になると？〟

「はい」

瑞宝は、はっきりと頷いた。

いくら獣身とはいえ、心は人間。

それがわかったから、もう彼は怖くない。

だから、彼と一緒に暮らすことはできる。

御武王の金色の瞳が、真っ直ぐ瑞宝を見据えた。

〝獣と交わるのだぞ〟

彼は、念を押すように尋ねてきた。

「それ、は……」

さすがに、「喜んで」とは言えない。

瑞宝は口ごもった。

はしたなくも、寝台を意識してしまう。

陰陽のまじわりを求められていることを、忘れていたわけではなかった。けれども、彼との優しい触れあいで、怯えは遠くなっていたのだ。

それを、一気に引き戻される。

——交わるというのは、本気なのだろうか……。

経験はない。でも、人同士でするべき営みを、狼とするというのか。

いくら御武王に好意を抱けても、交わるとなるとまた別の話だ。

御武王が人ではないということよりも、獣の姿をしていることが、気にならないと言えば嘘になる。

青海貴人の血を引くと言われている瑞宝たち一族は、厳密には人間とは言えないのかもしれない。

しかし、男であり女でもあるという伝説のある青海貴人は、人のかたちをしていると伝えられている。決して、獣身ではなかった。

青海貴人だけではなく、神と交わった人の伝説はあちらこちらに残っている。だが、そのような言い伝えの中の神々は、人と同じ姿をしているから、何も不自然には感じなかった。

獣の姿をしているのは魔や神の遣いたちだ。伝説の中で、彼らに妻として求められた乙女たちは、神の加護や知恵のある若者のおかげで救われる。

つまり、獣の姿をした存在と夫婦として本当に交わる話など、豊かな神との逸話を持つ華南の国でもありえないことだった。

〝よい。おまえの躊躇いはもっともだ〟

瑞宝が答えられないでいると、御武王は静かに言う。

〝だが、俺はどうしても青海貴人の血族と交わらねばならん〟

彼の尾は、静かに下がった。

〝耐えてくれ。頼む。おまえのことがどんどん愛おしく思えてきた今、俺もおまえを苦しめたくないが……〟

その声音は、有無を言わせない……――それでも、申しわけなさが漂っている声だった。

傲慢《ごうまん》なだけなら、瑞宝は怯えたかもしれない。

でも、しおれたようになってしまった尾を見ていると、無理だと強く言えなくなってしまった。

瑞宝は、自分にむけられる情に弱い。契約なのだから、こんなふうに御武王が気遣う必要はないのに、それでも瑞宝を慮《おもんぱか》ってくれるのが嬉しかった。

愛おしいという言葉は、深みのある響きだった。それが、とまどう瑞宝の心にも真っ直ぐ届く。

「……我が君……」

ここまで青海貴人の血族との交わりにこだわるのは、証立てか、誓いでも結んでいるのだろうか。

御武王は海の向こうから来たと言っていた。

この国の神ではない彼と、この国の神である青海貴人の間に、なにか揉めごとでもあったのかもしれない。

〝無理強いをするつもりはない。それでは意味がないからな。おまえが、心から俺との交わりを望まねば意味がないのだ〟

「それは、青海貴人への証立てですか？」

〝そのとおりだ〟

御武王の口調は、苦々しい。

単に、御武王と瑞宝が交わりさえすればいいという話でもないようだ。

そういえば、華南の国に伝わる伝説の中でも、青海貴人は豊穣を与えるとともに、誓いを破ると容赦なく罰を下す神でもあった。

条件を厳密に守らなくては、証立てにはならないのだろう。

たいへんなことになった。

――心から交わりを望む、といっても……。

瑞宝は、眉《まゆ》を寄せる。

情は通いあうかもしれない。いや、すでに心にそっと触れられて、彼のそれにも触れているような気がしていた。

でも、獣身の神と肉体的に交わることを心から望むことなんて、できるのだろうか？

我慢してするのではいけないようだし、とても難しいもののように感じられた。

〝おまえの気持ちはわかる。獣と交わることなど、簡単には受けいれられないだろう〟

尾を巻きこむように座りこんだ御武王は、すっと目を細めた。

〝だからおまえに、時間をやる〟

「時間、ですか」

〝身も心も俺の妻になりたいと、おまえ自身が望めるようになるための準備期間だ〟

金色の瞳に、とまどう瑞宝の姿が映っている。

準備時間というのは、心を決めるための時間だろうか？

でも、獣との交わりに対する忌避感なんて、人の心に根深くあるものではないのか。

たとえば、異形を避けたいというのと同じような。

時間をかければ、それを乗り越えることはできるのだろうか。

〝まだ蒼平の兵は去っていない。俺は契約に基づき、あいつらを一兵残らず追い払わねばならん。ここを不在にすることも多いだろう。だから、時間をかけて、おまえの体が俺に慣れていってくれればいい〟

「最後まで、戦ってくださるのですか」

瑞宝は、目を大きく見ひらいた。

蒼平の国が一兵残らず去ってくれるというのであれば、これほど心強いことはない。

〝それが契約だからな〟

御武王の誠実な言葉に、ほっとする。

これで華南の国は守られるに違いない。

彼の絶大な力を、瑞宝は信頼している。必ず、言葉通りにしてくれるだろう。

瑞宝は、それを疑ってはいなかった。

「ありがとうございます」

〝ただし、俺が契約を果たすまでの間、おまえにも俺と契るための心構えをしてもらうぞ〟

「……はい」

瑞宝は、頷く。

でも、どうしても動揺は抑えられなかった。

獣と交わるための、心構え。

時間をかけてもらったところで、そんな想いを抱けるようになるのだろうか？

いったいどうすれば、自分は心から御武王を受け入れることができるのだろう……。

証立てだというのなら、上っ面だけ受け入れても意味がないに違いない。

だからこそ、時間を与えられるのだし。

——わたしの気持ちは、どうしたら変えられるんだろう。

瑞宝自身にも、それはわからない。

そもそも、他人との交わりなんて、瑞宝にとってはあくまで想像の中のものでしかなかった。

今まで誰ひとり、瑞宝に触れようとはしなかった。瑞宝もまた、異形の自分を恥じて、誰かに触れてほしいと望むことなどできなかった。他人のぬくもりなんて、自分は永遠に知らないまま。そう、思っていた。

〝おまえには、妻としての教育を受けてもらう〟

「妻としての教育、ですか？　それはたとえば家事などでしょうか」

考えこむように、ゆっくりと瑞宝は問いかけた。

侍女たちは、瑞宝に近づかないようにしていた。だから、身の回りのことは自分でやる癖がついている。

しかし、食事はさすがに供されていたから、炊事などはまったく知らない。

たしかに、学ぶ必要があるだろう。

御武王が、かすかに笑う気配が伝わってきた。

狼の表情などわからないと思っていたけれども、馴れるとわかるものなのかもしれない。

耳や尾だって、よく動く。

〝おまえの大事な役割は、俺と交わることだ。家事などは必要ないだろう〟

そうあからさまに言われると、頬が熱くなる。

瑞宝は、思わず袖で顔を覆ってしまった。

陰陽の交わりがどんなものなのか、うすらぼんやりとしか知識はない。でも、それが恥じらうべきことだというのは、本能的にわかっていた。

〝恥ずかしいか〟

頬を赤くそめた瑞宝は、もじもじと指を組み、俯いた。

「……はい」

〝おまえは、初心《うぶ》そうだからな。教育も心の準備も必要だろう〟

どことなく、御武王の声は笑みを含む。

「あ、あの……」

上目遣いに、瑞宝は問う。

閨《ねや》のことなどは、口にするのははしたないと思っていた。尋ねずにはいられなかったけれども、気恥ずかしさは増す一方だ。

「人の身が、獣身の神と交わることは可能なのでしょうか」

もともと、人同士の交わりすら、おぼろな知識しかない。

獣と交わるなんて、完全に理解の範囲を超えている。

〝俺に任せておけ〟

御武王は、自信たっぷりだ。

〝この世に、こんな好いことがあったなんて知らなかったと思えるような、いい目を見せてやるからな〟

得意げに、御武王の尾が巻き上がり、ぴんと耳が立った。

〝その後、本当の意味での婚礼だ。まずは……。そうだな、次の吉日をめどにしようか。俺とおまえの陰陽のまじわりは、そのときまでお預けだ〟

次の吉日というと、十二日後だ。

そんな短い期間で、交わりが悦《よろこ》びだと思えるようになるのだろうか。

陰陽の交わりを称える華南の神は、歓喜《かんき》吉祥公主《きっしょうこうしゅ》と呼ばれていた。その名から想像するに、その行為は極めれば歓喜を得られるのかもしれない。

でも、なにもかもが想像でしかない。

瑞宝は、いまだ清らかな身だ。

異形の瑞宝に触れようと思う酔狂な者はいなかったし、瑞宝自身も、小さくなるばかりで、誰かと交わろうとなんて思えなかった。

それに、他人との関りが薄かったこともあり、誰かに心惹《ひ》かれた経験もない。

この年まで生きてきて、欲望というものを感じたことはなかった。

そんな瑞宝だから、人相手と交わるどころか、獣身の神との交りなんて、想像しようとしても無理だった。

いったい、瑞宝はどのような教育を受けるのだろう。

窺うような眼差しを、つい御武王に向けてしまう。

〝案ずるな。危害を加えることはないと、約束しよう〟

経験したことのないことをされると思うと不安だが、御武王の言葉は信じられる。

彼はいかにも神らしい傲慢さと、誠実さを合わせもっているように感じられた。

御武王が人と同じ姿をした神ならば、もっと違った気持ちで、彼との交わりを受け入れられたかもしれないけれども。

そう思ってしまった瞬間、瑞宝は罪悪感を抱かずにはいられなかった。

——わたしは、なんて小さい人間なんだろう。

瑞宝は、自分の浅はかさを恥じる。

異形の身の辛さを、知っている。それなのに、御武王が人のかたちをした神であればと思ってしまうなんて。

自分自身に嫌気がさす。

瑞宝の醜い心は、御武王に悟られてしまっただろうか。獣身とはいえ、神のうち。金の瞳に、すべて見透かされているかもしれない。

それでも御武王は、穏やかに瑞宝に接してくれる。

温かな空気も、変わらない。

きっと瑞宝は、御武王の傍でなら、今まで望むべくもなかった安らぎを得ることができる。

そんなふうに、信じてしまいたくなるほどだ。

それでも、御武王との陰陽の交わりを心から望めるようになるとは、どうしても瑞宝には思えない。

漠然とした不安で、胸がいっぱいだった。

四章

〝夜を待て〟

それが、御武王の言葉だった。

彼は既に、姿を消している。

蒼平の国の兵との戦いに、ふたたび身を投じに行ったのだろうか？

瑞宝の仕事は彼の帰りを待ちながら、妻としての教育を受けることだという。なにも案ずることはないと、御武王は言っていた。

彼のぬくもりが離れていくと、ひどく寂しくなってしまった。

いくら強大な力を持つ神でも、あるいは魔だったとしても、人間に倒されたという伝承はあちらこちらに残っている。

まったく危険がないというわけではないのだ。

——我が君は強い方だから……。きっと大丈夫。ご無事に帰っていらっしゃる。

瑞宝はそう自分に言い聞かせて、不安を紛らわそうとする。

彼のことを怖ろしい狼だと思う気持ちは柔らいだせいか、ひとりになると恋しくも感じられた。

夜が近づくにつれ、その気持ちは強くなった。

闇が辺りに忍び寄りつつある。蠟燭《ろうそく》を灯してみたものの、ひとりぼっちの心細さは消えてくれない。

御武王は、華南の国のために働いてくれている。その彼を待つことが、瑞宝の妻としての務めだ。

けれども、今ここに自分ひとりのぬくもりしかないことが、たまらなく寂しい。

――一人でいることなんて、慣れているというのに。わたしは、どうしてしまったのだろう。

あたたかな銀の毛並みを撫でているだけで、心が癒されていたのかもしれない。自分以外の誰かのぬくもりが心地いいことを知ってしまっただけで、長いこと友としてきた孤独が、こんなにも辛く感じられるようになるとは思わなかった。

知らないところに、一人きりでいるからだろうか。

まだ出会ったばかりの獣身の神のことばかり、考えている。

ふいに、蠟燭の炎が揺れた。

「……えっ」

瑞宝は、思わず息を呑む。

人の気配がした。

足音も立てず、いったい……──誰？

乱れた炎に照らしだされたのは、長身の男だ。

美々しい青年だった。

長い黒髪に、切れ長の瞳。薄い口唇は、軽く端が上がっている。傲慢に見えるような表情も、美しい彼にはよく似合った。

思わず見惚《みほ》れた瑞宝だが、やがてあることに気がついた。

──う……そ…？

瑞宝は瞠目した。

なぜ、炎に照らされているのに、彼には影がないのだろうか。

「何を驚いている」

男は、静かに問いかけてきた。

「あなた……は……？」

「俺は、御武王の〝影〟だ」

低い声は、どこか甘い。その甘さに触れたとたん、心音が跳ねてしまった。

「〝影〟？」

瑞宝は、静かに問う。

「御武王の眷属だと思えばいい。おまえの身の回りの世話をするために、俺は遣わされた」

「あ、ありがとうございます……」

遠く離れた戦場にいても、御武王は瑞宝のことを気にしてくれているのだろうか。彼の心遣いは、とても嬉しい。

〝影〟は、ゆっくりと瑞宝に近づいてくる。

「何を怯えている」

瑞宝の表情を覗きこむように、〝影〟は言う。

その眼差しから、御武王と同じものを感じ、心音が高鳴る。

〝影〟には瑞宝を忌む様子はない。ただ、ひたすら案じてくれているように見えた。

それに気づいたから、強張っていた表情が少し緩んだ。

「……驚いたのです」

心配してくれる優しい人に安心してほしくて、瑞宝は微笑もうとする。

「その、炎に照らされているのに、あなたには影が……ない」

「俺自身が、〝影〟だからな。当然だろう」

事も無げに笑った〝影〟は、すっと瑞宝に顔を近づけてきた。

「御武王が留守の間、妻としての教育を受けるという話は聞いているな？」

「はい」

妻、と言われると、つい緊張してしまった。

御武王が不在の間、瑞宝には教育を受ける義務がある。それは承知していたし、心構えもしていたつもりだ。

でも、その教育が陰陽の交わりをするためのものだと考えると、やはり気恥ずかしさが先に立った。

それに、疑問は尽きない。

男の身である瑞宝が、本当に妻としての役割を果たせるのだろうか。

「俺が、おまえに教育をほどこしてやる」

「あなたが、ですか」

「ああ、婚礼の儀が行われるまでに、おまえに妻となることの意味を教えてやろう」

「……よろしくお願いいたします」

動揺は押し殺し、瑞宝は頭を下げた。

御武王が務めを果たしてくれている以上、瑞宝もまた務めを果たすのが道理というものだ。

それがたとえ、受け入れられるかどうかわからないことでも。

――でもきっと、我が君はひどいことはしない……。

そう信じて、瑞宝は心を落ち着かせようとする。

陰陽の交わりは、ふたつ身を合わせること。そのためには、男と女でなくてはいけない。

それは知識としておぼろげに理解していたから、自分の体がどう教育されてしまうのか、怖いという気持ちはある。

男の身を、女に変えられてしまうのだろうか。

その方法は、まったく見当がつかない。

御武王を知ることで彼に対しての怯えが消えたのだから、同じように陰陽の交わりの本当のところを知って、妻としての心構えができたら、この怖い気持ちは消えてくれるのだろうか？

「……いい目をしている」

にんまりと、〝影〟はほくそ笑む。

「澄んだ眼だ。おまえの素直な心映えを、愛でよう」

〝影〟は瑞宝と一定の距離を保ったまま、じっと目の奥を覗きこんできた。

御武王のように、瑞宝のすべてが映しだされてしまいそうな眼差しだった。

「では、おまえに教育を授ける。妻としての務めが果たせるようにな」

「わたしに、できるでしょうか」

「不安か？」

「……はい」

瑞宝は、おずおずと頷いた。

〝影〟は小さく息をつく。

「獣身の神と交わるのは、恐ろしいか」

「……っ」

言葉に詰まる。

怖ろしくないと言うと、やはり嘘だ。

瑞宝は、どうしても首を横には振れなかった。

けれども、真っ直ぐに〝影〟を見据える。

「わたしは男ですから、陰陽の交わりで妻の役割を果たせるかがわかりませんし……。わからないから怖い、とも思います」

瑞宝は真剣な表情になる。

「でも、わたしは我が君の妻になります」

ちゃんと決めた。

恐怖には向きあって、克服したい。

それに、御武王に望まれたことならば、叶えたいという気持ちもあった。

彼が与えてくれた、ぬくもりゆえに。

「……男でも、女として交わることはできるが」

〝影〟は首をひねった。

「おまえまさか、陰陽の交わりがどういうものか、よくわかっていないのか」

「……えっ」

瑞宝は眉を寄せる。

なにか、自分は変なことを言っているのだろうか。

「た、たしかに、わたしは……。その、知識としてしか知りませんが」

瑞宝は、口ごもる。

「でも、陰陽の交わりとは男と女がふたつ身を合わせることで、それは体のかたちが異なる男と女でしかできないことだということは、存じております」

「……なるほど」

なにがおかしいのか、〝影〟のくちびるは笑みを含んだ。

「これは驚いた。おまえは年のわりに、初心な奴だったらしいな。当然のことながら、男として経験していると思っていたのに」

「わ、わたしのような身では、他人に触れることなど、大それたことだと思っておりましたから……っ」

なんだか気恥ずかしくなってきて、瑞宝は身をすぼめる。

おぼろげに、自分がもの知らずらしいということは察した。でも、具体的にそれがどういうことかわからないので、とても居心地が悪かった。

瑞宝の年齢ならば、結婚話が出ていても不思議ではない。それこそ、妻と陰陽の交わりを果たしていてもおかしくはない年頃だった。自分には縁のないことだと思っていたというのもあるが、たしかに瑞宝はその手の知識には疎かった。

男と女が抱きあえば、自然とふたつ身を合わせることができるのだと、その疎い知識で考えていた。

でも、〝影〟の反応を見るに、どうやら違ったようだ。

「獣と交わることは、怖くはないのか」

「……御武王のことは、怖ろしくありません。……いえ、怖ろしくなくなりました。我が君は優しいかたですから。ただ……」

「ただ？」

「どうしたら、狼である御体と抱きあえるのかはわかりません。それに、わたしは男だから、ふたつ身は合わせられないと思います」

口元に笑みを浮かべていた〝影〟が、弾けたように声を立てて笑いはじめる。どうやら瑞宝は、よほどおかしなことを言っているらしい。

「わかった」

ひとしきり笑ったあと、〝影〟は目を細めた。

「おまえは、愛《う》いやつだな。それに、誠実だ」

そんなふうに言われたのは初めてなので、瑞宝ははにかんだように顔を伏せる。

御武王の妻として迎えられてからというもの、今まで縁遠かった言葉をたくさん与えてもらった気がする。

そのたびに、心が温かいもので満たされていく気がした。

笑いをひっこめた〝影〟は、じっと瑞宝を見つめた。

「心配することはない。おまえの体を、妻となれるように変えてやる」

「体を……？」

「そうだ」

「この身が、女性《にょしょう》になるのでしょうか」

この年までずっと、男として生きてきた。この体がいきなり女として変わるなんて、いくら神でも可能だろうか。

〝影〟は思わせぶりに、瑞宝の表情を覗きこんできた。

「ああ、そうだ。俺が、おまえを『女』になれるようにしてやるよ」

皮肉げに、彼は付け加えた。

「たとえ、獣が相手だとしてもな」


〝影〟の台詞を理解しあぐねて、瑞宝は首を傾げる。問いかけるようにまばたきをしていると、いきなり足下をすくわれてしまった。

「……えっ！」

瑞宝は、我が目を疑った。

細長い木の根が、足首に絡みついている。木の根はまるで意志を持ったかのように、そのまますると瑞宝の体を囚《とら》えはじめた。

まるで、生き物のように。

「これ……は……？」

瑞宝は、掠れた悲鳴を上げた。

華南の国では、神が生きている。そのためか、摩訶不思議《まかふしぎ》な物事も起こるし、民もそれを受け入れている。

けれども、動く木の根など初めて見た。

「俺は、今のままではおまえに触れられない。それも、証立ての条件だからな。だが、使い魔や道具を使ってはならないとは、言われていない」

〝影〟は言う。

「だから、おまえの体を馴らしていくのは、その木の根どもだ」

「わたしの体を、馴らす？」

自分を縛める木の根を、瑞宝は不思議そうに見遣った。

いったい、これで何をするというのだろうか。

「『女』にしてやると、言っただろう？」

〝影〟は笑う。

「男を受け入れられるように、それが大好きになって、なしではいられない体になるように、馴らすんだ。……ここを」

「あっ」

瑞宝の腰にまきついていた木の根が、するする動いて、臀部《でんぶ》を撫ではじめる。それが狭《はざ》間《ま》にはまりこむような動きをするので、思わず瑞宝は眉を寄せてしまった。

そんな場所を触られるなんて、思ってもみなかった。

おまけに、木の根の先端は、あまり肉付きのよくない臀部の狭間を突いた。

「……っ」

顔が、さっと羞恥で赤くなる。

その場所を、こんな形で意識するのは初めてだ。

「なんで、そんなことを……っ」

「男女の体の造りが違うことくらい、おまえも知っているだろう？」

「そ、それはもちろんです」

体を這《は》う木の根の動きが、落ち着かない。

それに、下半身を弄《いじ》られることが、こんなにもくすぐったくて、恥ずかしいなんて知らなかった。そして、今まで知らなかった、強い感覚が生じることも。

「男と女がふたつ身を合わせるとき、男の側が深く女の中に入りこむことは知っているか？　……おまえの体も女が男を受け入れるのと同じく、男と交わることが悦びと感じられるよう変えていってやる」

「……っ」

〝影〟が軽く指先を動かすと、花嫁衣装の内側にまで木の根が入りこみはじめる。足下から、腰へ。脚の間へと。

ようやく瑞宝は、己の身に起ころうとしていることを悟った。

瑞宝は男で、女とは体の作りがまったく違う。だから、男と体を合わせるために、体の一部を女のように作りかえられるのだ。

恥ずかしくて口には出せないが、ふたつ身を合わせるときに、男の足るところを女の足らぬところに入れるのだということは、知識として知っていた。

抱きあえば、そうすることができるのだと。

おそまきながら、気がつく。

——つ、つまり、私の中に、御武王の……。狼のものを、入れる？

羞恥のあまり身が竦む。

いったい、どうやったらそんなことが可能なのだろうか。

誰かを身のうちに受け入れられる場所なんて、男である瑞宝にはひとつしかない。でも、そこになにか異物が入りこめるようになるなんて、とても考えられなかった。

漠然としていた想像が、現実的なかたちになる。

瑞宝は途方に暮れるしかない。

「あ、あの、わたし……。わたし、は……」

思わずうろたえて、くちびるが震えてしまった。

御武王に望まれるなら、妻になりたい。そう思ったけれども、身を以てその意味に気づいたら、とても自分にはできそうにないような気がしてきた。

あまりにも、荷が重い。

「ようやく理解したか」

〝影〟は、瑞宝の疎さを笑わなかった。それどころか、どこか同情しているような眼差しになる。

「獣をその身に迎えいれるのは、怖ろしかろう？　……だから、教育が必要なんだ」

「……わ、わたしに、怖れず、できるようになるでしょうか……」

「……ああ」

なんとも言いがたい複雑な面持ちで、〝影〟は頷いた。そして、小さく目配せをする。

それを合図にするかのように、木の根が一斉に動いた。

「……やっ」

思わず、瑞宝は上擦《うわず》ったような声を漏《も》らす。

身構えた瑞宝の脚をすくい、左右に大きく広げるように、木の根が持ち上げる。花嫁衣装の裾ははしたなく開き、あまりの恥ずかしさに瑞宝は瞳を潤ませた。

身を固くしている瑞宝に、〝影〟は言う。

「……その木の根は、特別なものだ。体をまさぐられているうちに、すぐに心地よくなれるはずだ」

影は目を眇《すが》め、気恥ずかしさと不安を隠せない瑞宝を、一瞥した。

「何も考えられず、快楽をむさぼれるように、な」

「……っ、や……あ！」

衣を切り裂く音が、あたりに響いた。

思わず、瑞宝は恐怖に駆られる。

花嫁衣装が散っていく。木の根によって、無残に切り裂かれていく。

脚や、さらに不浄の部分が、人目にも露《あら》わにされてしまう。瑞宝は身をよじるようにそこを隠そうとするが、叶わない。左右に広げられた脚の間、陰部までもが容赦なくさらされてしまった。

恥ずかしさのあまり泣きたくなることがあるのだと、瑞宝は生まれてはじめて知った。

——これが、こんなことが……、妻としての教育？

いったい、自分はどうなってしまうのだろう。覚悟を決めていたとはいえ、怯えずにはいられない。

たとえ獣神であろうとも、御武王との間になら、ほのかに情のようなものが通い合うのではないか。そう期待していたのだけれども、こんなことをされてしまうと、彼のことが怖くなるかもしれない。

彼の与えてくれたぬくもりや、優しさ。瑞宝にくれた甘い言葉が嘘だなんて、思わない。疑ってはいないけれども、埋めがたい溝を感じていた。

やはり、神と人との間では、理《ことわり》が違いすぎるのだろうか。

彼と交わることができるかと尋ねられたら、やっぱり無理だ。それに、木の根に蹂躙《じゅうりん》されるなんて耐えられそうにない。

花嫁衣装は切り裂かれ、端布にされていく。

剝《む》きだしになった白い肌を恥じて、瑞宝は伏せ目がちになる。こんなかたちで他人に肌をさらすなんて、初めての経験だった。

「……やめてください……」

これが妻としての教育だというのなら、強く言える立場ではない。

声は小さく、地面に落ちた。

「苦痛を与えたいわけじゃないんだ」

〝影〟の声に、困惑が滲む。

ちらりと視線を上げると、彼は眉根を寄せていた。

傲慢ささえも華になる、まさに神という超越者の〝影〟である存在に似つかわしくない、惑いの表情をしていた。

――あ。

その眼差しと、御武王の姿が二重写しになる。獣と人なのに、なんてよく似た表情をするのだろうか。

瑞宝にこんな辱《はずかし》めを与えながらも、彼は瑞宝を気遣ってくれているようだった。

「馴れれば、おまえも楽になる」

眉根を寄せたまま、〝影〟は子どもに噛んで含めるような口調になった。

「そのためにも、俺に身を任せてくれ」

「で、でも……」

俯いた瑞宝は、口籠《くちご》もる。

恥ずかしいし、怖い。

その気持ちは、やすやすと忘れられるようなものでもないような気がした。

「困ったな……」

〝影〟は大きく息をついた。

「ああ、そうか。初心なところは愛らしいが、おまえはあまりにも奥手だからな。誰とも交わったことがない身だろう？」

「……っ」

瑞宝は弾かれたように顔を上げた。おくれて、白い頬には朱が散っていく。

そんなことは、確認するまでもなく、〝影〟もわかっているだろうに。

消え入りそうな声で、瑞宝は応える。

「したことは、ありません」

両親に抱かれたこともないくらいだ。

生まれ落ちた瞬間から瑞宝を忌避していた母妃は勿論《もちろん》、寛大《かんだい》さを示そうと努力してくれていた父帝にも、限界というものがあった。

なにより、尊い存在である父帝に対しては、瑞宝へ近づくことを、周囲が必死で止めていた。

「清童ならば、怖れるのも仕方あるまい。好くなると言ったところで、その身で味わわねば、理解できぬ境地だろう。言葉も、救いにはならんだろうしな」

頭を掻《か》きながら、〝影〟は瑞宝を眺めた。

「俺がおまえに与えたいのは、快楽だ。人の肌は知らなくても、己の熱は知っていよう?」

「わたしの熱、ですか?」

あられもない姿を晒《さら》している恥ずかしさのあまり、顔を伏せ気味にしながらも、戸惑いがちに瑞宝は答えた。

「熱を出したことは、何度かありますが……」

「……いや、そうではなくて」

〝影〟は、小さく噴きだした。

「まいったな。俺は、こんな初心な新妻を、娼婦のように淫《みだ》らになるよう仕込まねばならんのか」

その口調には笑みが滲んでいて、からかい半分の言葉だった。けれども、ほとほと困り果てているというのも彼の本音らしく、瑞宝は申しわけなくなった。

羞恥でどうにかなりそうな行為だろうとも、妻としての瑞宝には必要。それは、瑞宝のためにも。

そういうつもりで、〝影〟が教育しようとしていることはよくわかった。

「……すみません……」

男の身で嫁ぐと言いだしたのは、よくよく考えてみれば瑞宝自身だ。陰陽の交わりと言われた時点で、もっときちんと予備知識を得ておくべきだったのだろうか。

「勉強不足で、申しわけないです」

「おまえ、面白いな。そこで謝るか」

くくっと笑いを噛み殺し、〝影〟は悪戯っぽい表情になる。

「まっさらな生娘というのはな、それだけで男心をそそるものだ。青い果実をよく熟れた女の体にしていくというのは、男の楽しみでもある。おまえは詫《わ》びる必要はない」

きっぱりと、〝影〟は言った。

「……どれ、体をよく見せてみろ」

「あ……っ」

辛うじて瑞宝の体にまとわりついていた布地の切れ端が、木の根によってなぎ払われてしまう。

手で体を隠そうとしても、手首に木の根が巻きついて、それをさせてくれない。

（う、そ……）

瑞宝は目を見ひらいた。

空に浮かんだ状態で、瑞宝は〝影〟に向かって、全裸で手足を開かされたのだ。

「……やめてください、こんな……っ」

あられもない姿で、裸をさらしている。

しかも、陰部を強調するかのように。

恥じらいのあまり、体が硬くなる。

——せ、せめて、恥ずかしいところだけでも、隠したいのに……っ。

そう思っても、手も脚も動かすことを許してもらえなかった。露わな、はしたない姿を、〝影〟の視線が這いまわっていた。

「恥じることはない。美しい体だ」

はっとした。

こんな見苦しい姿なのに、そんなふうに言ってもらえるなんて、思ってもみなかった。

恥ずかしい気持ちには変わりがないのに、消え入りたくなるような切羽詰まった感覚がふいに消える。

——御武王と話してるみたいだ。

瑞宝は、ふとそう思った。

〝影〟だからだろうか。彼が、御武王の使い魔だなんて思えない。まるで、本人を目の前にしているみたいだ。

そう感じた瞬間、さらに恥ずかしさが増していく。

一方で、己を恥じるのとはまた少し違う感情も、胸に芽生えはじめた。

体が熱くなってくる。

——どうして……？　こんなに、恥ずかしい……のに……。恥ずかしいだけじゃ、ない……？

この熱は、どこから生まれてくるんだろうか。

下肢の恥ずかしい部分も丸見えになって、本当なら消え入りたいような気持ちになるはずなのに。

〝影〟は容赦なく、瑞宝の体の隅々にまで視線を這わせていた。

勿論、隠したくてたまらない、陰部にまで。

「……なるほど」

どこか納得したかのように、〝影〟は頷いた。

「年より若く見えるな。下生えも薄いが、男の標《しるし》も幼いかたちだ」

「……っ」

瑞宝は言葉を失う。

まさか、体のそんな恥ずかしい場所の状態を、はっきり言葉にされるとは思わなかったのだ。

しかも、じっと観察するような眼差しで見られるとは。

つんと、目の奥が熱くなる。

羞恥のあまり、泣きたくなった。

どうか、見ないでほしい。瑞宝の恥ずかしいところを、はしたないところを、言葉にしないでほしかった。

そう願うけれども、その願いを口に出すことすら、恥じらいが邪魔をした。

そんな瑞宝を、〝影〟は目を細めて見やる。

「小振りではあるし、うぶいが形はいいな。まだ、ここを猛《たけ》らせたことはないのか？」

「たけらせ、る……？」

瑞宝は、首を傾げた。

〝影〟は小さく肩を竦めた。

「わからないのか？」

「……はい」

「本当か」

〝影〟は驚いたような表情になった。

「おまえは、もう結婚をしていてもおかしくないような歳だろう？　本来ならば、妻を娶ってもいいような」

「は、はい……」

「それなのに、知らないのか。これはまた、いたいけな妻だな」

「……ごめんなさい」

「謝ることはない」

〝影〟は表情を和らげる。

「知らぬなら、俺が教えてやるまでだ」

優しい声音は、小さくなった瑞宝の心を解きほぐしていこうとしていた。

「……そこは、気持ちよくなると、かたちを変える。交わるために、な」

「……えっ」

木の根がくすぐるように、脚の間に這ってくる。男の標を撫であげられ、瑞宝は小さく息を呑んだ。

根はすぐ離れていったけれども、触れられたところから、さっと熱が広がっていた気がした。

——今の、なに?

自分の体のはずなのに、まったく知らない反応をする。

瑞宝は、自分自身に怯えはじめた。

「感度はいいな」

〝影〟の視線はずっと、瑞宝の下肢に注がれている。

「陰陽の交わりをし、歓喜すれば、男はそこを熱く滾《たぎ》らせ、固くし、形を変えるものだ。……まあ、おまえの場合は女の役割をするわけだが……。だが、男である以上、そこで心地よくなれることに変わりはない。せっかくだから、楽しみたかろう?」

「楽しむ……、ですか。陰陽の交わりとは、楽しいものなのですか?」

「もちろんだ」

〝影〟は頷くと、愉快そうに口の端を上げる。

「しかし、ここまで奥手だと思わなかった。いったい、どういう育ち方をしたら、そうなるんだ」

「……ごめんなさい……」

宮城の奥で暮らしてきたし、世間知らずの自覚はあった。後ろめたくて、瑞宝は肩を落とす。

「謝ることではないと、言っているだろうに」

〝影〟はにやりと笑った。

「物知らずな新妻にいろいろ教えこんでいくのは、男の楽しみでもある」

「そういうものなのですか」

「そういうものだ。……もっとも、おまえが最終的に理解するべきなのは、男の楽しみではなく、女の悦びだがな」

「……んっ」

木の根が、男の標に絡みつく。ぞわっと総毛立つような、独特の感触に瑞宝は身を竦めた。

本音を言えば、どれだけ〝影〟が言葉を尽くしてくれようとも、怖いものは怖い。でも、我慢するしかない。

でも、恥ずかしさとは理性で抑えきれるものでもない。

瑞宝は身じろぎし、少しでもはしたない場所を包み隠そうとする動きを、やめることはできなかった。

羞恥で体はますます熱くなり、瞳は濡《ぬ》れてしまう。

それでも、これは妻になるための教育だ。だから、逃げだしてはいけないのだと、自分自身に言い聞かせる。

――恥ずかしいけど、耐え難いけど……。〝影〟も御武王も、わたしを苦しめたいわけじゃないんだ。

瑞宝は、自分自身に言い聞かせる。

――だから、わたしもがんばろう。

むやみに怖れたくない。

瑞宝を苦しめたいわけではないと、〝影〟は繰りかえし言っている。それは、主である御武王の意向でもあるのだろう。

〝影〟は、役目を果たそうとしているだけだ。

誓いどおり御武王が華南の国を守ってくれるのだから、瑞宝だって彼との約束を守らなくてはいけない。

熱くなった体には、なおも木の根が這いまわっている。擦りつけられるような動きに、いちいち体が反応していた。

気のせいか、心音が速い。

呼吸が荒い。

「少しずつ、体に熱が回りはじめたようだな」

〝影〟は、満足げに言う。

「まずは、男の楽しみから教えてやろう。たっぷり味わうといい」

ひときわ細い木の根は、瑞宝の男の標へと伸びてきた。そして、柔らかなそれにくるりと巻きつくと、揉《も》みこむように、擦りつけるように動きはじめた。

「……え、な……っ」

太い根には、産毛のように細かな繊毛が生えているのだろうか。皮膚を撫でる感触は、形容しがたいものだった。

むずがゆいような、くすぐったいような、不思議な心地だった。

木の根の動きで、体に熱が溜まっていく。腰から下が、なんとなく重くなりはじめていく。

「……あっ」

ずくんと突き上げるように、瑞宝の内側に甘い衝撃が生まれた。ぴんと、つま先が伸び、反り返る。

（何、これ……）

細かい毛根がうねるように動き、敏感な部分をいじくりはじめる。肌を辿《たど》り、先端をくすぐる。

性器の皮膚は薄く、びくんびくんと脈動が表面まで伝わりそうだった。

血の流れが刻む呼吸が、やけに大きく聞こえる。それに伴い、疼きがどんどん強くなっていく。

膝頭を擦りあわせたい。そうしなければ、もどかしいほどの疼《うず》きをやり過ごせそうになかった。

根に擦られている場所に、もっと強烈な力を与えられたい。

唐突に芽生えた衝動に、なぜか罪悪感を強く抱いた。

木の根にまとわりつかれている下半身を、〝影〟の目から隠したかった。でも、足は縛められている。

瑞宝の思いどおりにはいかない。

「……っ」

ぴくんと腰が跳ねた。

瑞宝は瞠目する。

――今の、なに……？

下半身で、何かが起こっている。

どくどく音を立てながら、血が一点に集中していく。

脚の間のものに、今までにない張りを感じた。

柔らかなそこには力を入れることなんてできないはずなのに、ぐっと力が籠もるような――。

「う、そ……」

瑞宝は、思わず呟いた。

下に垂れたかたちであるはずの男の標が、ぴくんと頭をもたげたのだ。そのわずかな動きが、瑞宝を動揺させた。

瑞宝自身は、それを動かそうとなんてしていない。

それなのに、どうして勝手に動くのだろう？

「や……、な、に……？　何、これ……っ」

驚愕《きょうがく》のあまり、瑞宝はいやいやと頭を振る。

木の根の動きに合わせてそこが動いているような気がして、恥ずかしくてたまらなかった。

「……や……」

か細い声で呻いた途端、目の奥が熱くなる。ぽろぽろと、大粒の涙が零《こぼ》れてしまう。

〝影〟は冷静に瑞宝を見据えているようでいて、どこか困り顔だった。

「泣くな」

「その体の反応は、おかしなものじゃない。男の一番好い部分を弄っているのだから、当然のことだ」

「え……」

涙で潤んで、曇る視界に〝影〟を映す。

彼は、瑞宝を安心させるように笑いかけてきた。

「おまえを『女』にする前に、『大人』にしてやらねばならないようだな」

〝影〟は、すいっと顔を近づけてきた。

くちびるで頬に触れられた、気がする。

だが、感触はない。〝影〟というくらいだから実体はないのかもしれないと、遅まきながら瑞宝は気がついた。

きょとんとした瑞宝に、〝影〟は笑いかけてくる。

「体を楽にしろ。すべて、俺に委ねるんだ。木の根は我が手足、おまえを決して傷つけた

りしないと約束しよう」

その真摯《しんし》な眼差しに、胸を貫かれたような気がした。

恥ずかしい。

怖い。

不安でたまらない。

その気持ちに変わりはなかったけれども、〝影〟の言葉はなぜか信じられた。なけなしの気力を奮い起こせる。

――そうだ、これはわたしの妻としての務め……。

ゆっくりと、自分に言い聞かせる。

そうすることで、逃げたい気持ちを抑えこむ。

「わたしは……、物知らずだったんですね」

自分の体がどういうものか、そんなことすら知らなかった。

「そうだな。交わりという言葉は知っていても、その実際を知らぬ子供だ」

〝影〟は、からかい混じりの表情になる。

「案ずることはない。今日は、大人になるための通過儀礼を受けさせてやる」

するすると、木の根が蠢《うごめ》く。

「ふぁ……」

再び生じた疼きは、瑞宝に気が抜けたような声を漏らさせた。くすぐったい。気持ちいい。腰がもじつく。

下半身に血と熱がどんどん集まっていく。

「……！」

触れてもいないのに、ぴんと先端を引っ張られるような感じで、そこが姿を変えはじめていることを瑞宝は知った。

その場所だけ、まるで別の生き物になったみたいだ。

「……どう、し……て…？」

自分の体なのに、自分の意志通りにならないのは、やはり怖い。思わず震えた声を漏らすと、〝影〟は宥《なだ》めるように笑いかけてきた。

「怖くない。そこは心地よくなると、己が意志を持っているかのように張り詰め、膨らみ、硬くなるものだ」

「そう……、なのですか……？」

では、今体を苛んでいる、このむずがゆいような感覚は「気持ちいい」ということなのだろうか。

「ああ」

〝影〟は、大きく頷いた。

「だから、安心するがいい。……もっと気持ちよくなれるぞ」

「は……い…」

従順に答えた瑞宝は、そっと目を閉じた。

目を閉じると、感覚が一つ遮断された分、他の感覚が鋭敏になる。木の根が男のそれに絡みつき、蠢きながらそれを擦ると、自然に声が漏れだした。

「……っ、は……、あ……」

下半身が、どんどん熱くなる。何かがそこに集まって、みっしりと重みを感じさせてくる。

――わたしの体が……、こんなふうになるなんて。

男の標など、進んで見たり触ったりする場所ではない。でも、紛れもなく自分の一部のはず。

その場所がいまや、瑞宝ではなく木の根に支配され、形を変えようとしていた。

〝影〟の言うとおりだ。

――気持ちいい……。

男の部分に触られるだけで、全身がこんなにも熱くなるなんて、知らなかった。そして、快感が尽きない泉のように溢れてくることも。

嬲《なぶ》られるままの快楽の源は、膨らみ、硬くなり、そして勃《た》ち上がろうとしていた。

「……っ、ふ……」

くちびるを閉じているのが、辛くなる。

半開きにして荒い息をはっはとつくと、もどかしいほどの疼きが少し楽になるような気がした。

「ん……あ……っ、ああ……！」

瑞宝は、あられもない声を上げる。抑えることなんて、できなかった。

「感じているようだな。……どうだ、気持ちいいだろう？」

「……はい」

消えいりそうな、涙声で瑞宝は言う。

「熱くなって、疼き……、なにかを出したいと思わないか？」

「出……す……？」

蕩《とろ》けたような眼差しで、瑞宝は〝影〟を見遣った。

「そうだ。……それが出せたら、大人の証だ」

「ん、あ……っ」

瑞宝の背が、ぐいっと反り返った。

――わたしの……中、から……。なにかが出る？

下腹部で、ぐるぐると何かが渦巻いている感覚がある。それが溜まって、瑞宝の体を重くしているようだった。

そして、溜まっているものは、出口を求めて暴れ回っている。暴れれば暴れるほど、瑞宝の性器は硬くなっていく。

「……ん、あ……くぅ……っ」

足の先の指が、ぐっと丸まった途端、下腹がずんと一際重くなった。

「ひゃあ……っ」

瑞宝は目を見開いた。

「もれ……ちゃ、う……っ」

思わず口走る。自分が知る感覚の中で、今体が欲しているものには、それが一番近い表情だった。

「や……、だめ……っ」

じわりと、下肢のものの先端に何かが滲む。そこから今にも何かが溢れてしまいそうで、思わず瑞宝は目を潤ませた。

——やだ、子どもでもないのに……っ。

粗相してしまっただろうか？

木の根の蹂躙《じゅうりん》に甘んじていた瑞宝だが、恥ずかしさのあまり身をよじりはじめた。いくらなんでも、人前で粗相なんてできない。

「どうした？」

「も、申しわけありません。……わたし……」

いい齢をしているのに、言いたくない。思わず口ごもるが、促されるような眼差しに、涙をこらえながら応えるしかなかった。

「……そ、粗相をしてしまいます……っ」

羞恥の告白に、瑞宝は全身を紅潮させる。

〝影〟は、とんでもないことを言いだした。

「漏らしてしまえ」

「出したいんだろう？」

「え……？」

出したいどころか、もう、少し出ている。滲んでいる。それがあまりにも恥ずかしくて、自分のはしたなさが惨めで、瑞宝は表情を歪《ゆが》めていた。

「先走りが滲んできた。……木の根もぬるぬるだ」

「…いやぁ……、言わない……で…」

〝影〟の言う通り、瑞宝のものも木の根もぬめっている。

ぐちゅぐちゅと、淫らな水音が足の間から聞こえはじめ、瑞宝は羞恥のあまり消え入りそうになる。

しかも木の根の根毛までも、まるで繊手のように動きはじめた。こそばゆいような根毛の動きと、大胆な木の根の動きと。双方が、瑞宝を翻弄《ほんろう》する。

「……ん、あ……っ」

熱い。

瑞宝は、唐突に理解する。今、下腹部を重くしているのは熱だ。体の中に熱が生まれ、それが吐きだし口を求めて暴れている。

「……っ、や……、ん、いやぁ……、駄目、おかし……い…っ」

「おかしくない。……可愛《かわい》い顔になってるじゃないか」

〝影〟は嘘をついている。

瑞宝は今、顔を涙で濡らし、歪めているはずだ。元々醜い瑞宝が表情を崩しているのだから、目も当てられないことになっているに決まっている。

「かわい……く、なんか……」

「可愛い」

〝影〟は強く断言した。その言葉は間違っているのに、つい信じてしまいそうになるほど力強かった。

彼の黒い瞳に見つめられると、じゅんと男の標の先端から何かが漏れた。

「いやぁ……っ」

一際強く木の根に擦り上げられ、瑞宝は甲高い悲鳴を上げる。その途端、自分の中からぐっと何かがこみ上げ、弾け、外に飛びだそうとした。

「い、いやぁぁぁぁ、漏らしちゃう………っ！」

衝撃のあまり、幼子のような口調になり、瑞宝は、漏らしちゃう、漏らしちゃうと譫言《うわごと》のように繰り返した。

「う、ふ……ぇ、もらし……もらしちゃ、……う…」

「可愛くお漏らししてみろよ」

〝影〟は、低い声で囁く。

「今日はおまえに、快楽というものを教えてやると言っただろう？　妻としての教育の、

「ひ、やぁぁ！」

第一歩だ。己の内側から湧きでる快楽を、たっぷり味わうがいい」

反り返ったものが、激しく震える。

中から、何かが出ようとしている。

粗相しちゃう、ごめんなさい、ごめんなさい、と瑞宝は譫言みたいに繰りかえした。

目の奥に白い光が走るのを感じたその瞬間、体内の熱がこれ以上ないくらい膨れ上がったかと思うと、形を変えたものの先端から外へと吐きだされた。

「あ…、ふ……ぁ……」

体から、力が抜けていく。

――なに、これ……っ。

単なる粗相とは思えない。

重かった下半身が、一気に軽くなった気がした。

解放感は、たとえようもない。

全身から力が抜ける。

うつろにさまよう視線は、下肢が白いもので濡れているのを捉えた。これが、自分が出したものなのだろうか。

「覚えておけ、それが男の歓喜の極みだ」

〝影〟は小さく笑った。

「……交合する時、男は皆そうなる。まずは好さを覚えて、それからおまえの体をじっくり女に変えていってやろう。次は――」

〝影〟の声が、少しずつ遠くなっていく。

彼は、ふいに姿を掻き消してしまった。

それと同時に、瑞宝を縛めていた木の根も消える。その場にぽとりと落とされて、瑞宝は呆然《ぼうぜん》とした。

――な、に……？

淫らに汚れた裸のまま、放りだされてしまうなんて。いったい、どうしたらいいのだろう。

妻となることが、こんなにも恥ずかしく、はしたないことだなんて思わなかった。

瑞宝は思わず、両手で顔を覆う。

そして、静かに啜り泣きをはじめた。

困ったような表情で、話しかけてくれた〝影〟はいない。

御武王も、もちろん。

一人っきりにされてはじめて、瑞宝は声を上げて泣いた。

五章

全身が、ひどく重く感じていた。

「……っ、ふ……」

こらえきれず、瑞宝は息を漏らす。

切り裂かれた衣服を掻き集め、裸の体を守るように自分自身を抱きしめながら、瑞宝は静かに嗚咽《おえつ》を漏らしていた。

汚れきった体を清めることもできず、泣き声が洞窟で反響することで、孤独感が余計に高まる。

さんざん瑞宝を辱めたあげく、御武王の〝影〟は姿を消してしまった。

汚れた体のまま、ひとりぼっちになった瑞宝は、途方に暮れていた。

気力を振り絞って立ち上がったとたん、みずからが放った白濁が下肢を伝い、その生ぬるいものが肌を這う感触に耐えられず、瑞宝はその場にうずくまった。

思う。

消え入ってしまいたい。

あれだけ甘い言葉を囁いたのに、瑞宝をひとりにして置いて去った、〝影〟を恨めしく思う。

あるいは、これが御武王の意志なのだろうか。

――わたしが、妻として足らないものばかりの身だから？　……それとも、青海貴人への証立てに必要だから優しい言葉をかけてくれただけで、本当は、わたしのようなもののことなど……。

裸の肌には、夜気を冷え冷えと感じる。

体の熱を冷たい空気に奪われるにつれ、気力もまた奪われていってしまっている。

とても惨めだった。

せめて体を清められれば、この陰鬱《いんうつ》な気持ちも楽になるかもしれない。しかし今の瑞宝には、そんな気力すらなかった。

瑞宝のように厭われる異形の者には、これがふさわしい扱いなのかもしれない。なにがあろうと耐えて当たりまえで、少しでも、嬉しかったり、ましてや幸せな心地になるなど、そもそも間違いだったのだろうか。

――あたたかいとか、優しいだとか……。そんなふうに感じたのは、わたしの思い上がりということだったのかもしれない……。

瑞宝は、目元を拭う。

どうしてこんなに衝撃を受けているのか、自分でもわからない。たとえこれが妻としての務めだろうとも、教育であっても、ひどく惨めで、自分という存在なんてなくなってしまえばいいのにという気持ちが消えないでいる。

けれども、いつまでもこうしているわけにはいかない。どうにか体を起こそうとしたそのとき、ふいに傍《かたわ》らに気配を感じた。

「……！」

とっさに、体を隠すように身をよじる。

そこにいたのは、御武王だった。

「我が君……」

表情が強ばる。

今はもう、彼が傍にいることを、嬉しいとは思えない。〝影〟にあんな辱めを受けたのは彼の意向なのだと思えば、体が強ばる。

〝瑞宝〟

名を呼んだとたん、御武王はその場にうずくまった。

「え……」

瑞宝は、とまどった。

御武王は首を力なく伸ばし、そのまま地面に横たわってしまった。

――お疲れ、なのだろうか……。

あられもない瑞宝の姿を見ても、御武王は反応もしない。

ぐったり、目を閉じている。

傍らの彼のぬくもりが、ひどく空々しい。それに気づいたとたん、瑞宝の体は動いた。

御武王の傍にいたくない。

辱められ、こんなはしたない姿のままうち捨てられて、惨めな気持ちで泣くよりも、山の中で朽ち果てるほうがいいのではないか。そんな、衝動的な気持ちに突き動かされていた。

よろめきながら立ち上がった瑞宝だが、輝く銀のたてがみから、あの艶《つや》が失われていることに気がつく。

不思議に思って目をこらすと、御武王の美しい毛並みが赤い色に塗れていることがわかった。

瑞宝は、大きく目を見ひらく。

──血？

見れば、御武王の胸のあたりは、激しく上下していた。

それを察した瞬間、重く、鈍かった体が、さっと動いた。

「我が君、お怪我《けが》を……！」

うちのめされ、泣いている場合ではない。

手についた血の、どろっとした感触に、瑞宝は青ざめる。いったい、どれだけ出血しているのだろうか。

──血、血を止めなくちゃ……っ。

自分があられもない格好をしていることも、気にならなくなっていた。瑞宝は寝台の敷布を剝《は》がして、御武王を抱き起こす。

ぐったりと、力のない狼の巨体は重い。悪戦苦闘をしながら、傷口を圧迫するように布を巻こうとしていると、御武王が頭をもたげた。

〝……瑞宝、なのか〟

確認するように名前を呼ばれる。これで二度目だ。

もしかして彼は、意識がもうろうとしているのかもしれない。

「我が君、お体は大丈夫ですか？　今、血を止めますから」

〝大丈夫だ。油断して、砲撃されただけだ。かの国の技術はすごいな。鉄の弾で撃たれたのは初めてだ〟

「蒼平の国は、からくり細工が得意ですから。……我が君、この洞窟からは麓《ふもと》までどれくらいの距離があるのでしょうか。傷薬が必要です。わたしが、里まで行ってまいります」

〝体内にめりこんだ鉄の弾を、噛みちぎって出したせいで傷口が広がっただけだ。案ずることはない。すぐに傷はふさがる〟

「でも……」

〝こんな姿をしているとはいえ、俺は神だぞ。……忌々しいことに、力を半分封じられているせいで傷の治りも遅いが、二、三日もすればふさがるだろう〟

御武王は、瑞宝の頬を舐めた。

〝おまえ、泣いていたのか〟

「え……っ」

瑞宝は、驚いて目元に指で触れる。

まさか、怪我をして弱っている御武王が、それに気づくとは思わなかった。

〝妻の努めは、辛いか。許せよ〟

どこまでも優しく、御武王は頬を舐める。

あたたかい。

その場で泣き伏してしまいたくなるくらい。

瑞宝に淫らな行為を強いたのは、この狼だ。それなのに、こんなに優しく触れないでほしかった。

まるで用済みの道具みたいに、そのまま放りだしたのに。

〝こんな姿で、ひとりっきりにさせてしまってすまなかった。俺が撃たれたせいで、影を維持できなくなったんだ〟

「我が君……」

瑞宝は、目を大きく見ひらいた。

つまり、〝影〟は瑞宝を捨て置いたわけではないということだろうか。

彼は御武王の眷属のようなものだと言っていた。御武王が弱れば、姿を維持できないということなのかもしれない。

触れることもできない、まるでかげろうのような存在だから。

全身から、力が抜ける。

おかしな話だが、嬉しかった。捨て置かれたわけではないのだと、わかったから。

そして、申しわけなくなる。

御武王の優しさや誠実さを、疑ってしまったことを。

「我が君、申しわけありません」

御武王の首筋に抱きついて、瑞宝はそっと銀の毛並みに頬を寄せる。

〝どうした？〟

「我が君がお怪我をされたことも知らず、ひとりにされたのだとばかり……」

〝それで泣いていたのか。そんな姿で放りだされたら、心細く、不安になるのは当たりまえだ。悪かったな〟

優しい言葉は、胸に染みいるようだ。あれほど絶望的な気持ちでいたのに、一気に心が晴れていく。

〝すまなかった、瑞宝〟

「い、いいえ、いいえ！」

瑞宝は、御武王を抱きしめる腕に力を込めた。

「我が君は、華南の国を守るために、こんなお怪我をされていたのです。それなのに、わたしは我が君の真心を疑ってしまいました。申しわけありません」

〝……おまえは、本当に素直で愛らしいな。だが、そんなふうに謝ってばかりいなくてもいい。小さくなる必要は、どこにもないんだ〟

瑞宝に身をすりつけてくる御武王は、ここに着いたときよりも、少し生気を取り戻している。

ほっと、瑞宝は息をついた。

やはり、神である身だけあって、人の子である瑞宝の考えが及ぶような体ではないらしい。驚くほどの快復力だ。

〝どうした？〟

「いいえ、我が君のお体が少しずつ楽になっていっているようで、本当によかったと……」

〝おまえは優しいな〟

そう言って、御武王は目を細めた。

〝うずくまって泣いていたというのに、俺の怪我を見たとたん、別人のようになるし。……俺など放っておいて、里に逃げだしてもよかっただろうに〟

「我が君を置いて、そんなことはできません」

〝泣くほど辛かったのだろう？〟

「それは……」

思わず、瑞宝は口ごもる。

御武王の言葉を、否定することはできなかった。たしかに、〝影〟の手でほどこされた教育は、あまりにも辛いものだったから。

「あ、あの」

瑞宝は、おずおずと尋ねた。

「あなたの〝影〟を名乗る方の命令は、あなたの命令も同じなのでしょうか」

〝その通りだ〟

瑞宝は、かっと頬を赤らめる。

この優しい御武王が、どうしてあんなことを望むのだろう。

妻になるためには、しかたのない教育なのだという。でも、どうしてもふたつ身を合わせなくてはいけないのだろうか。

御武王と生涯を共にする。その覚悟はある。でも、どうして、こうやって寄り添うだけでは駄目なのだろう。これでは、妻としての役割を果たしていることにはならないのだろうか。

傍にいるのは、心地いい。

御武王のぬくもりは、どこまでも瑞宝を甘やかしてくれた。

誕生を忌まれ、母を死なせた瑞宝を、誰もが遠ざけた。尊い身である父帝はもちろん、一度も瑞宝に触れたことはない。

それほどまでに厭われた瑞宝に、御武王はためらいなく近づいてきてくれる。傍らにぬくもりがあることの心地よさを、教えてくれるのだ。

じわりと、温かい感慨が胸に湧く。

――こんなわたしに、触れてくれる人がいるのは嬉しい。でも、昨晩のあれは……。

思いかえすだけで、気が遠くなりそうだった。

〝あれをおまえに強いた、俺が憎いか?〟

「……つ、辛いです。あの、その、恥ずかしくて……。とても」

〝恥ずかしいだけか?〟

「……えっ」

〝どうだ。快楽を知ったか?〟

指摘され、瑞宝の頬に朱が散る。

身のうちから熱が広がり、下肢に集まっていき、そして吐きださずにいられなかったことを、再びまざまざと思いだしてしまった。

その場にいなかったとはいえ、あの〝影〟は御武王の眷属なのだ。瑞宝が何をされたのか、知っているのだろうか。

あれが、御武王の望みということは。

「快楽……」

瑞宝は、その甘美で罪深い言葉を繰りかえした。

全身が火のついたように熱くなり、下半身が重く、濡れ、そして我を忘れて甘い喘《あえ》ぎ声を漏らし続ける。そして、迸《ほとばし》った白濁が、瑞宝自身を汚していった。

――あれが、快楽。

腰の奥に疼きを感じた。

――今のは……っ。

瑞宝は、恥ずかしさのあまり顔を上げていられなくなる。

泣くほど辛かったはずなのに、どうしてこんなふうに反応をしてしまうのだろう。体が、あの強烈な感覚を思いだすだけで、身のうちで熱が生じる気がした。

〝恥じらっているのか〟

熱くなっている頰に、もっと熱いものが触れる。御武王の舌だった。

〝耐えてくれ〟

御武王の声は、甘いものになった。

あるいは、子どもを宥めるような。

〝俺の妻となるためだ〟

「わ、我が君とも、あの、あのよう……な…?」

妻の役目として、彼の前であんな痴態を晒さなくてはいけないのだろうか。狼の姿をした御武王と、どのように交わるのだろう。

想像もつかない。

くらりと、目眩《めまい》がする。そのまま、気が遠くなっていきそうだった。

〝今はまだ無理だろう〟

事も無げに、御武王は言う。

『今は』ということは、やはり、いずれ御武王とあのようなことをしなくてはいけないのだろう。

体中を這い回る淫らな感触を思いだすように、肌がざわめいた。

いやだ、とは言えない。

華南の国に加勢することと引き替えに、御武王は妻として瑞宝を求めたのだから。

でも、身震いが抑えられなくなる。

〝怖れる気持ちは、わかるぞ。このような、獣の身が相手ではな〟

あからさまに動揺した瑞宝に対し、御武王は不快に思っている様子もない。

〝心も体も、準備ができていない。だから、おまえには妻としての教育が必要だ。順々に、な〟

教育を受ければ、瑞宝は御武王と交わることができるのだろうか。

狼と？

皇祖神である青海貴人の宿敵、黒夜公主の眷属であり、人ならざるもの相手に……——

ふたつの体をひとつにすることなんて、できるのだろうか。

覚悟をしていたとはいえ、実際にこの身で交合というものの一端を味わったからか、抵抗感は嫁ぐ以前よりずっと強くなっていた。

御武王は人語を解し、こうして瑞宝を温かく包み、気遣いさえ見せてくれる。そして、醜い瑞宝を愛でるとさえ言ってくれた。

彼が人身ならば、どれだけ恥ずかしくても、睦《むつ》みあうことができるかもしれない。

しかし、御武王は狼だ。

狼との間に情が通ったところで……、交わるなんてことができるのだろうか。

この忌避感は、理屈で抑えられそうにない。

心の中が、真っ黒に塗りつぶされていくような気がした。

〝まあいい。焦ることはなかろう。婚礼は吉日にしか行えないが、月の巡りを待てばいいことだ〟

瑞宝を撫でていた尾が、するりと解けていく。

〝今は、ともに眠りたい〟

「は、はい」

瑞宝は、ほっとしていた。

ともに眠るだけならば、もう怖いことはない。

妻としての教育から、話が離れていくことに安心する。

御武王が、瑞宝の心身ともに準備が整うまで待ってくれるというのなら、その言葉に甘えてしまいたかった。

〝少し経てば、俺ももっと快復する。そうしたら、食材を集めにいこう。しばらく、空腹を我慢してくれ。ところで、おまえは料理ができるのか？〟

「いいえ。申し訳ありません」

一応皇族である瑞宝は、厨屋《くりや》に入った経験がなかった。身の回りのことは自分でしてきたとはいえ、食事は別だ。侍女たちが持ってくるものを、そのまま口にしていただけだった。

〝謝ることはない。おまえは皇子だし、考えてみれば当然のことだな。愚問だった〟

御武王は尻尾を振りながら、何事か考えている様子だった。

〝それでは、俺が作り方を教えてやる。悪いが、おまえが働いてくれるか。俺では、人の食事は用意できん〟

御武王の尻尾が、ぱたんと下がる。

〝人里で暮らせればいいのだが、どうもこの国の民は、俺の姿を不必要に怖れるので、無理がある。俺はいいが、俺の妻であるおまえに危害が加えられたらと思うと、気が気ではないからな〟

彼は、狼がこの国で怖れられる理由をよく知らないようだ。不可解そうであり、不満もこめられた口調だった。

彼の身の安全のためには、伝えにくい内容だろうとも、言葉にしたほうがいいのだろうか。

瑞宝は、そっとくちびるを開いた。

「それは……。狼は、この国の守り神である青海貴人と敵対している、黒夜公主の眷属ですから……」

〝なるほど〟

御武王は不快そうに鼻を鳴らした。

〝……これも、『あいつ』の計算のうちか〟

瑞宝は、首を傾げる。

――あいつ、って？

御武王の言葉の意味を、理解できない。彼もまた、特になにを言うわけでもなかった。瑞宝に聞かせるというよりも、完全に独《ひと》り言のようだ。

どう応えていいのか、応えるべきなのかもわからず、眉を寄せる瑞宝の頬を、くすぐるように撫でてきた。

〝では、おまえも俺が怖ろしいか〟

気遣わしげに問いかけられ、瑞宝は首を横に振った。

「……あ、あの、それは……。確かに、そう思ったこともありました。でも、今は大丈夫です。我が君は怖くありません」

瑞宝は、素直に言う。

嘘じゃない。彼を慮っているわけでもなかった。それは、今の瑞宝の正直な気持ちだった。

すべてを呑みこむ闇夜の化身であり、まつろわぬ者に大きな災いをもたらすと言われる黒夜公主は、とりわけ宿敵である青海貴人とその眷属、血を受けた華南の皇族たちには怖れられていた。

異形とはいえ華南の皇族のひとりである瑞宝も、幼いころから怖れていた相手だった。

しかし、御武王に与えられた温もりは、恐怖心を融《と》かしてくれる。

狼は怖いが、御武王は怖くない。

〝そうか。おまえは見目だけではなく、心根も素直で美しいのだな〟

心なしか、御武王は嬉しそうだ。

──おまえが妻になってくれて、よかった。

瑞宝は目を丸くする。

まさか、そんなふうに言ってもらえるとは思ってもみなかった。

異形の上に男で、妻としての教育が必要なこの身でも、御武王は「よかった」と言ってくれるのだろうか。

彼に必要なのは、青海貴人の血を引く花嫁だ。だから、妻にするのは華南の皇族なら、誰でもよかったのだろう。

それでも、本来は、瑞宝の姉や妹公主たちの誰かで、心づもりしていたに違いない。

──それなのに、わたしでよかったと、言ってくださるなんて。

嬉しい。

こんなふうに、自分の存在を認めてもらえる喜びを、瑞宝は噛みしめる。

御武王は、瑞宝にとって望むことすら許されなかった言葉を、惜しみなく与えてくれた。

〝これからも、幾久しく頼むぞ〟

「は、はい。我が君。わたしこそ、幾久しく」

瑞宝は、大きく頷いた。

妻としての務めは辛いし、恥ずかしい。快感を知っても、好きになれるとはとうてい思えなかった。

けれども、御武王自身のことは好きになれるかもしれない。

悩ましい夜を乗り越えられるかはわからないけれども、寄り添うことに抵抗はない。そっと瑞宝は御武王に身を寄せる。

すると、御武王の長い尾が軽く喉の下をくすぐった。

〝枕があるほうが、楽だろう？〟

先ほどよりも、御武王の体力が回復しているせいなのか、頬を撫でてくれる尾はふさふさとして柔らかな毛並みをしていた。

「枕、とは……」

尾を両手で挟んで、瑞宝は首を傾げた。

〝心地よくはないか〟

尾を枕にしろと言われていることに気づき、瑞宝は目を丸くした。

「い、いけません。我が君を、怪我をされている方を枕にするなんて……っ」

御武王は、仕えるべき『夫』。しかも怪我人だ。そんな人を下にして眠るなんてこと、とてもできない。

〝よい枕だろう？〟

大きく首を横に振っていると、尾の先が軽く頬をくすぐった。

「は、はい」

〝おまえには、俺といることを心地よく感じてほしい〟

尾が、瑞宝にするりと絡みつく。その、ふわっとした手触りはいつまでも撫でていたくなるほどで、思わず瑞宝は目を細めた。

御武王が笑った、気がする。

もちろん、狼の姿をした彼の表情は、よくわからないのだけど。

〝気に入ったか〟

瑞宝は、頬が熱くなる気がした。

ちょっと恥ずかしい。

気がつけば、御武王の尾をにぎにぎと握ってしまっていた。

彼の毛並みはとても見事なので、こうして触っているのは気持ちいい。いろいろな方法で、触れていたくなってしまう。

「で、では、お言葉に甘えてもいいでしょうか……」

〝もちろんだ〟

御武王が床に伏したので、瑞宝も遠慮がちに傍らに添う。

――気持ちいい。

御武王の毛並みも、体温も、なにもかもが心地いい。

ひとりぼっちが当たりまえだった瑞宝は、こんなふうに誰かに添い寝したことも、添い寝されたこともなかった。

でも、誰かが隣にいてくれるというのは、想像以上に心を安らげてくれるようで、瑞宝はゆるやかに眠りへと落ちていった。

六章

「この木の実は、食べられますか？」

瑞宝は、小さな木の実を見つけて、弾んだ声を上げた。

御武王は、しっぽを緩く振りながら近づいてきた。

彼の言うとおり、怪我はまたたく間に治っていた。瑞宝が目を覚ましたときには、傷もすっかり塞がっていた。

もう一日休んで、彼はまた戦場に馳《は》せるのだという。こうしてゆっくり過ごせる日々も、しばらくはないのかもしれない。

御武王が、欲しいものがあれば金貨を与えて里の近くに送ってやると言ってくれたので、食料調達のために外へと出た。しかし、ふと思い立つことがあって、瑞宝は森の中に下ろしてもらったのだ。

里までは遠く、瑞宝の足では行くことは無理だという。

御武王の手を患わせることなく、自分の手で食べられるものを探すということも、覚えておきたかった。

――こうして、いろんなことを知っていれば、我が君がお怪我されたり、お疲れのときには、自分で食べものを手に入れられるし……。

森なんてろくに分け入ったこともなかった瑞宝には、口にいれていいものと、悪いものの区別もつかなかった。物知りの御武王に、そこは頼るしかない。

御武王は、瑞宝の手元をしげしげと覗きこんできた。

〝見たことがないな。……どれ、俺によこせ。かじってみよう〟

「でも……。悪い木の実なら、御身が危うくなりませんか?」

〝おまえは優しいな〟

御武王は、するりと瑞宝の足下に擦り寄ってきた。

〝この獣の身を案じるのか〟

心臓がとくんと鳴った。

御武王の言葉は、まるで彼が獣身であることを気に病んでいるように聞こえたのだ。

我が君も、お辛いんだ。

瑞宝にも、覚えのある感情だ。

御武王と出会うまで、瑞宝は疎外感とともに生きてきた。

でも、今は違う。

御武王がいてくれるのだ。

——わたしごときが、おこがましいかもしれないけれども、我が君にとってそういう存在になれないだろうか……。

国を救うために、御武王の妻になった。でも、今は御武王自身の人柄を好ましいと思っている。

できるだけ、彼にとってよい妻になりたいと思った。

「御身を案じるのは当然です。わたしは、あなたの妻ですから」

膝を突いた瑞宝は、御武王の首筋を撫でる。

そして、そっと彼の見事な毛並に顔を埋めた。

——あたたかい。

血が巡る、命の音が聞こえてくる。

その音が、とても心地よく感じられた。

〝おまえが愛しい〟

御武王は、すりっと体を寄せてくる。

〝出会ってわずかの時間しか経っていないのに、こんなにも俺を夢中にさせる。……おまえは、誰よりも素晴らしい妻だ〟

「我が君……」

瑞宝は、かあっと頬をあからめた。

こんなにもたくさん、愛の言葉を注がれたことなんてない。受け止めきれなくて、溢れて溺れてしまいそうだ。

どんな顔をしていればいいのか、わからなくなる。

〝俺が人身であれば、おまえを両腕で抱きしめられるのに〟

どこか切なげに、御武王は呟く。

やはり御武王は、己が獣身であることを厭っている。

瑞宝は、胸が締めつけられるほど苦しくなった。

「で、でも、わたしが……っ」

瑞宝は両腕で、御武王に抱きつく。

「わたしが、我が君を抱きしめられます！」

〝瑞宝……〟

どこか沈みがちだった御武王の声が、少し明るいものとなった。

〝なんて可愛いことを言うんだ。……本当に、どこまでも愛しいやつだな〟

愛の言葉に返せるものを、瑞宝はまだ持っていない。けれども、精一杯の想いをこめて、瑞宝は御武王を抱きしめた。

＊　＊　＊

夜のとばりが、静かに降りてくる。

森で集めた食材と、里で得たものをあわせて、瑞宝は見よう見まねで食事を作ってみた。御武王が心配そうに見守り、いろいろ教えてくれたおかげで、どうにか食べられるものになったと思う。

御武王も、〝美味《おい》しい〟と言ってくれた。

口元が汚れたので、そっと布で拭き取ると、彼は驚いたように〝こんなものは、舐めればいいのに〟と言った。

差しでがましい真似をしたのだろうか。

「余計なことをして申し訳ありません」と瑞宝が謝ると、彼は尾をぱたぱたと振りながら、〝今のは照れ隠しだ……〟と言うので、瑞宝のほうが今度は照れてしまって、赤らんだ頬を両手で隠す羽目になった。

　御武王の怪我は哀しいことだけれども、こうして一緒に過ごす時間を得られたのは嬉しかった。

　体を休める御武王の隣に、瑞宝も横たわる。そして、彼の白銀の毛並みに頬を埋めて寄り添うと、ぬくもりが全身を包んでくれた。

　御武王は海の向こうから来たのだという。だから、瑞宝が知らないことを、たくさん教えてくれた。

　異国の物語を聞くのは、楽しかった。

　物知らずということは自分で自覚しているから、知っていることが増えていくのは素直に嬉しい。

　すっかり艶を取り戻した御武王の毛皮に触れながら、今日は夜通し物語をして過ごせないかと、つい考えてしまう。

　しかし、そっと彼に寄り添った瑞宝の頬を舐めると、御武王はするりと身を離していってしまう。

「……我が君?」

　瑞宝がいぶかしげに首を傾げると、御武王はゆるく尾を振った。

〝俺も、すっかり怪我がよくなった〞

「はい。よろしゅうございました」

〝……おまえの教育を、再開せねばならん〞

「え……っ」

瑞宝は、ぴくんと肩を震えさせる。

――まさか……!?

おそるおそる振り返る。

果たして、そこには〝影〞がいた。


許せよ、と囁かれた気がする。

気がつけば、御武王の姿は消えていた。

＊　　＊　　＊

「今日も、妻の務めは果たしてもらうぞ」

〝影〟の言葉に、瑞宝は思わず息を呑む。

快楽に染められた羞恥の時を、思いださずにいられない。また、あんなにも激しい辱めを受けるのだろうか。

木の根の快楽を教えこまれた衝撃は、容易にぬぐい去れるものでもない。

あの恥ずかしさ、悲しさ、明けた朝の言葉で言い尽くしがたい惨めさは、たとえ御武王に好意を持とうとも、耐えられるものではなかった。

あの木が、悪かったのだろうか。まるで、嬲りものにされたような心地だった。

「あ、あの……」

瑞宝は、おずおずと口を開いた。

「ご命令とあれば、従います。けれども……。せめて、木の根はやめていただけないでしょうか」

そう言ってしまったのは、あまりにも物みたいに扱われることが辛かったせいだ。

淫らな姿をさらすのは辛い。でも、あんな血も通わぬもので嬲られると、本当に玩具のように扱われている気がして、より耐えられなかった。

せめて、血脈通う〝影〟の手で、と思ってしまったのだ。

「すまんな。我慢してくれ。俺には実体がないからな。おまえに触ってやれない」

〝影〟は、困ったように眉を寄せた。

「木の根で馴らされるのは嫌いか」

「……ごめんなさい」

瑞宝は俯いた。

これが妻として必要な、教育だということはわかっている。しかし、ああいう道具で弄《もてあそ》ばれるのも、自分が体を熱くしているのに、一人冷静な〝影〟に見つめられるのも、同じように瑞宝には苦痛だった。

「ああ、いい。詫びなくていい。おまえは、その謝り癖をどうにかしろ」

苦笑いした〝影〟は、やがて不意に何か思いついたような表情になった。

「……木の根が嫌なら、己の指を使うのはどうか」

〝影〟は名案を思いついたというよりも、苦しまぎれの落としどころを探しているという風情だ。表情が浮かない。

「わたしの指、ですか？」

瑞宝は目を丸くする。

男女の交わりすらろくに知らなかった瑞宝は、みずから快楽の火を灯《とも》したことはない。

当然、〝影〟の提案は、予想もできなかったものだった。

思わず、自分の手を見下ろしてしまう。

昨夜は木の根にされたことを、この手でするというのか。

瑞宝の全身は、恥ずかしさのあまり、火がついたように熱くなる。

ものも言えず、じっと俯いてしまった瑞宝を、〝影〟は静かに見据えた。

「……正気では、とても無理そうだな」

〝影〟は小さく息をついた。

寝台に腰を下ろすように促され、瑞宝はおとなしくそれに従った。

なにも、〝影〟は瑞宝を苦しめたり、辱めたりしたいわけではない。それはわかるし、これも御武王との契約だから、瑞宝は従うことを選んだ。

――我が君も、わたしを嫌って、辱めようとしているわけではないのだし……。

何度も、「すまない」と言ってくれた。

だから瑞宝は、辱めを受け入れようとする。

彼の妻として。

「まず、正気を捨てることを覚えねば。……そして、快楽に溺《おぼ》れてしまえばいい。正気を失えば、おまえの罪科ではなくなるからな。たとえ、獣と交わることになろうとも」

〝影〟は、まるで瑞宝に同情しているかのようだった。

「口を開けろ。薬を与えてやる。餌《えさ》をねだるひなどりのように、なるべく大きくくちびるを開くんだ」

「は、はい……」

木の根に責められることは、免れるのだろうか？

瑞宝は、おずおずと口を開いた。

「舐めろ」

言葉とともに瑞宝の目の前に現われたのは、太い木の根だった。皮は向けて、先端からは白い樹液が滴り落ちている。

「その樹液を飲むんだ」

「……わかりました」

瑞宝は目を閉じると、木の根に両手を添える。そして、先端から溢れる白いものを、舌を差しだして舐めた。

「あ……む…っ」

舌で受けるだけでなく、頬張るように促される。喉を鳴らしながら、瑞宝はそれに従った。

「ん……！　ぷ……っ、む……」

喉奥まで、木の根が入りこんでくる。

頬の粘膜を抉《えぐ》り、喉奥の柔らかい肉に樹液を滴らされて、瑞宝は小さくむせた。しかし、口は解放はされず、そのまま樹液を飲みこまされる。

ねっとりと内側の肉にまとわりつきながら、樹液は瑞宝の中に落ちていく。

その感触を追うともなく追っていると、一気に血が下がった。

そして、心音が突然はねた。

「……!?」

今のは、いったいなんだろう?

自分の体に何が起こったのかわからず、瑞宝は呆然とした。

血が下に……——下半身に集まっていくかのようだった。

「あ……?」

思わず声を出してしまうが、とても自分のものとは思えない。熱を孕《はら》んだ声になってしまった。

「効いて来たか……おまえは、獣の花嫁だからな。寝台に四つ這いになれ。獣が交わる時に、そうするように」

〝影〟は冷静に命じてきた。

「は、い……」

体が熱いだけでなく、動きが鈍くなっている。下半身だけがまるで別の生き物みたいに、どくどくと血の音を立てていた。

ふらふらしながらも、なんとか寝台に這った瑞宝に、また木の根が伸びてくる。

それは嫌だと言ったのに。

瑞宝は、小さく首を横に振った。

「案ずるな。手伝ってやるだけだ」

「……あっ」

寝所用の長衣の裾をめくり上げられ、思わず瑞宝は声を上げた。

木の根に双丘の狭間を撫でられると、全身の震えが止められなくなる。

まるで、火がついたように体が熱い。

特に、下半身の火照りと疼きがひどかった。

今すぐにでも、そこに触りたくなる。

陰部をまさぐりたくなるなんて、恥ずかしい願いを持つのは初めてだった。

「さあ、ここを『女』にしてみろ。……おまえ自身の手で」

木の根に窄《すぼ》まった後孔を撫でられ、瑞宝は思わず身を竦める。

一応約束は守ってくれるつもりなのか、根は体内に入りこんでこなかった。

でも、言うことを聞かなければ、中に木の根を入れられてしまうかもしれない。それを怖れ、瑞宝は思いきって自分の後孔へと触れた。

勿論、快楽を得るために触れるのは初めてだ。

禁忌を犯しているようで、瑞宝は全身を震えさせた。

「う……」

恥ずかしい声が漏れかけて、思わず瑞宝は口唇を引き結ぶ。

後孔は、進入を拒むように固く閉ざされていた。窄まり、きっちり閉じられている。

「じっくり触れろ。そこが、そのうち緩んでくる。そうしたら、おまえ自身の指を入れて、広げるのだ。なにせ、そこに雄蕊《ゆうずい》を迎えいれるのだからな」

「そん、な……」

瑞宝は、全身を紅潮させる。

今触れているところに、男のものが入るなんて思えない。

こんなにきつく閉ざされているのだ。

本当に、ここが綻んだりするのだろうか？

——むずむずはしている……けど……っ。

意識したとたん、ひくんと腰が動いた。

おそるおそるそこを撫でる。

すると、指のささやかな動きで腰が動いた。

「あ」と小さい声が漏れる。

緩んだ⁉

「……っ」

思わぬ体の反応に、瑞宝は狼狽する。後孔が緩んだばかりか、全身の熱がますます高まっていた。

——わたしの……、はしたないところ、が……。

下腹部で高まる欲望を意識し、息を呑む。

瑞宝の下肢は、触れられもしていないのに、腹につくほど固くなっていたのだ。

そして、いかがわしい蜜を先端から垂れ流している。

「……挿《い》入れられるか？」

尋ねられた瑞宝は、ぼうっと〝影〟を見上げた。

自らの体を弄ぶなんて、恥ずかしいに決まっている。けれども、木の根に弄ばれる怖さや空しさと比べれば、まだマシなような気がした。

「でき、ます……」

弱々しい声で告げると、瑞宝は恥じらいながら、己の陰部をまさぐりはじめた。

「……は…ぁ……ん…」

体が上手く支えられず、瑞宝は寝台に頬を埋める。そして、腰だけ上げた格好で、己の後孔に指を入れようとした。

けれども、触れるだけで力が抜ける。

後孔が緩む。

腰を上げているのも辛くて、瑞宝は寝台に突っ伏した。

「あうっ」

反応して固くなっている男の標が、寝台と腹の間に挟まった。

「ひあぁっ⁉」

瑞宝は目を見開く。

柔らかい腹と固い寝台との狭間で、何かが弾けた。

「……ひ、あ……ぁ……」

びくんびくんと腰を跳ねさせて、瑞宝は喘いだ。

「……はぁ……」

張っていた下半身から、一気に力が抜ける。

昨夜のことを思いだす。

木の根に責め苛まれ、声を上げ、そして……性器から熱い飛沫を吐き出したこと。

「……ん、ふ……」

股間《こかん》をまさぐると、そこが濡れていることに気がついた。その自覚が、再び瑞宝を昂ぶらせた。

「ひゃ……っ」

一度達して柔らかくなったはずの欲望が、また頭を擡《もた》げている。先端が寝台と擦れて、また新しい熱を生む。

全身に、ぞわぞわとした表現しがたい感覚が走った。

「……くぅ……ん……」

「おいおい、男の快感ばかり貪ってどうする。おまえは、妻になるんだぞ」

〝影〟は冷静だった。

瑞宝の恥ずかしい姿を見ても、動じた様子はない。

「中を弄るんだ。早く。そのうち、雄根を嬲るよりも、ずっと気持ちよくなるから」

「は……、い……」

震える声で頷いて、瑞宝は自らの孔を辱めはじめた。

「……く、ふ……ん…。ひゃあ……、は……あ……」

寝台に伏せたまま、瑞宝は後孔に自らの指を含ませていた。

最初は一本含ませるのがやっとで、動かすのも怖かった。

少し身じろぎしただけで、びくびく体は震えた。

そんな瑞宝を見ていた〝影〟は、「まだ正気か」と呟いた。そして、あの樹液を再び、瑞宝に与えたのだ。

喉の奥から、瑞宝は快感に汚染されてしまった。

とにかく、全身が熱くてたまらない。

まさぐりたい。

手のひらで肌に触れるのもいいが、なによりも体内を弄られたくてたまらない。後孔では指を抜き差しすると、快感のあまりどうにかなりそうになる。

濡れた粘膜から感じる悦びしか、もう考えられなくなりそうだった。

「……くっ、は……。はふ……」

「気持ちいいか？」

静かに声を掛けられる。

「……はい」

本能的に、体の悦びは秘すべきものだと感じていた。

それなのに、冷静な男の前で、自分のすべてをさらけだしている。

恥ずかしくて今にも消えいりそうなのに、それもまた体の熱を高める要因になっていた。

全身が、内側から炙《あぶ》られているかのように熱い。そして、どこもかしこもむず痒さに似た強烈な感覚に犯されている。

とにかく、触りたくて弄りたくてたまらない。

多分、瑞宝は狂ってしまった。

己の指で、後孔を繰り返し犯す。

火照った体の熱を煽《あお》り、さらに盛らせる。

「……ん、は……っ」

濡れそぼった口内から、飲みこみきれなかった唾液が溢れる。

はしたなく、くちびるを半開きにしたまま、瑞宝は喘いだ。

「あっ……い、し、きもち……いい、です……」
「そうだろう？　自分がしていることを言葉にしてみると、きっともっとよくなるぞ」
〝影〟の声は、誘惑の香りを含んでいた。
――もっと気持ちよく……？
ごくりと息を呑む。
今だって、こんなにも気持ちいい。我を忘れそうになっている。
それなのに、もっと気持ちいいことがあるのだろうか？
はあはあと荒い息をつきながらも、瑞宝は後孔を弄る手を止められなくなる。
快楽なんて知りもしなかった瑞宝が、いまやその虜《とりこ》だった。
「きもち、い……い、ゆ……び、出したり入れたりしてるだけなのに気持ちいい……」
〝影〟にそそのかれた通り言葉にしてみると、下腹を突き上げるような情動が走った。
こんなに恥ずかしいのに、気持ちいい。
いや、恥ずかしいのが、気持ちいい。
――わたしは……、はしたない……。
そんなふうに思うだけでも、ますます体が煽られる。
指なんかじゃ、物足りないぐらいだ。

もっと太くて大きなもので、小さな孔を弄られたら、どれだけ気持ちがいいだろう。

「おしりがくちゅくちゅって言ってる、の……、はずかしいのに、きもち…いい………!」

じゅぷじゅぷとはしたない音を立てながら、瑞宝は嬌声《きょうせい》を上げ続ける。

「そうか。気持いいんだな?」

瑞宝の耳元に口唇をよせ、〝影〟は甘い声で囁いた。

「雄蘂を弄られるより、気持ちよさそうだ。女のように、孔を弄られるほうがいいんだな?」

「……っ」

実際に言葉にされると、恥ずかしいことこの上ない。

思わず、瑞宝は言葉を失った。

「いいのだろう?」

〝影〟は、瑞宝の沈黙を許さない。

彼の言葉に反応するかのように、木の根が瑞宝の尻を撫でた。

「ひゃあうっ」

敏感になっている孔が、ひくんとひきつる。

「……気持ちいい……」

淫らな本音は、自然に零れた。

「おしりがいいです、おとこの……ところより、おしりがいい、おしりきもちいい……っ」

あられもない声を上げながら、瑞宝は達していた。男の欲望に触れもしないまま、後孔だけで快楽を極めたのだ。

それでもまだ消えない疼きに突き動かされて、瑞宝は指の動きを止められなかった。

「……ん、は……っ、あ……あ、あぁっ」

嬌声を上げながら、己を辱め続ける。

萎えたはずの性器も、すぐに固くなる。

後孔を指で弄るのに夢中で、男の標まで触れられない。それに、触ると〝影〟に窘められる。

だから、それを寝台に擦りつけるようにしながら、瑞宝は腰を振る。

腹と寝台とに挟んで、少し乱暴に擦ると、泣きたくなるほどの快感が瑞宝の全身を貫いた。

「……ん、はぁん、あ……いい、きもちい、気持いい……！」

涙を流しながら、全身を昂ぶらせる。

陰部をまさぐることに夢中になりながら、瑞宝は終わらない快楽に身を任せた。

七章

蜜を絞りとられて、果てて……——それでも、また溢れてしまう。体の奥の深い場所を、みずからの手でまさぐることで。

それを、どれだけ繰りかえしただろうか。

体が限界を訴えても、思考力が失せたまま、条件反射のように瑞宝は快楽を追い求めていたようだ。ようだ、というのは、体は勝手に動くのに、瑞宝自身はすでに理性をなくしていたから、自分が何をしているのか、わからなくなっていた。

頬にあたたかな感触を与えられ、ようやく我にかえったとき、瑞宝はあられもない姿で寝台に身を投げだしていた。

「……ん、う……」

何度もまばたきしてから、ゆっくりとまぶたを押し上げる。

御武王に頬を舐められたことに気づいて、小さく微笑んだものの、瑞宝は自分が衣も脱ぎ捨てて、体を乱していることに気がついた。

「……わ、我が君……っ」

羞恥に身を竦めた瞬間、下半身の違和感に気づく。ひどく気だるいだけでなく、肌を重たいものが伝っていく。

――えっ、なに……？

あらためて、自分の体をたしかめた瑞宝は、蒼白になった。

汚い、などというものではない。

乱れた下肢のあちらこちらには、白いものがこびりついている。それらは半ば乾きかけてはいるものの、完全には乾ききっていないようで、身じろぎするととろりと肌を流れていった。

輝くような毛並みをなびかせた御武王に比べて、どれだけ瑞宝ははしたなく、おぞましい姿になっていることか。

消え入りたい。

自分の浅ましさが、まざまざと脳裏に蘇《よみがえ》る。意識がなくなってもなお、はしたない体は快楽を求め続けた。その結果が、これだ。

「……っ」

瑞宝は小さく丸まるように身を屈め、俯いた。体にぐっと力を入れるが、こみあげてくる衝動は抑えられるものでもない。肩が幾度も震えたあと、とうとう嗚咽が溢れてしまった。

〝瑞宝……〟

まるで慰めるように、御武王が体を寄せてくる。しかし瑞宝は、慌てて御武王から体を離そうとした。

「いけません！」

思わず声を張り上げると、御武王は静かに問いかけてくる。

〝やはり、獣の妻になるのは辛いか〟

その口調は重く、沈みこむかのようで。瑞宝は、はっとした。御武王を傷つけてしまった、と。

「……ち、違います。あの、我が君……」

体を丸めたまま、瑞宝は頼りなげに視線を上げる。

「……わたしは、汚いから……」

目にも目映《まばゆ》い銀の毛並みは、とても美しい。その体を、瑞宝の汚れた体に触れさせていいものとは思えない。

「……我が君が、汚れてしまいます……」

〝……瑞宝〟

巻き上げられた太いしっぽが、ゆらゆら揺れている。

〝おまえは、なにを言いだすんだ〟

「だ、だって、こんな姿で……、我が君をお迎えしてしまうなんて。こんな、乱れて、汚れてて……っ」

そして、なにより淫らだ。

それが恥ずかしくて、たまらない。

〝おまえは、汚れてなんていない〟

御武王は、瑞宝の頬を舐めた。

〝俺の望みに、おまえは応えてくれただけだ。俺が求めるまま、素直に快感を学んだのだから〟

「で、でも、わたしは本当にはしたなくて、淫らで……」

〝薬のせいだ。そんなに自分を苛まなくていい〟

瑞宝の涙を舐め取ると、御武王は首根っこを甘く噛んできた。

〝泉に行って、水浴びでもしよう。そうすれば、少し落ち着くはずだ〟

くなった。

「あっ」

ぴくんと、体が震える。

甘い衝撃が、全身に広がる。それが下半身の変化につながりそうで、瑞宝はまた泣きたくなった。

瑞宝の体は、いったいどうなってしまったのだろうか。

——我が君が、親切に外へ誘ってくださっただけだというのに。

甘嚙みされたところから広がる、痺《しび》れは熱い。本当に涙が出そうになった。

「み、見ないでくださいませ……っ」

瑞宝は身を固くする。どうしたらいいのか、わからなかった。ただ、自分のはしたなさ、淫らさが怖ろしかった。

ただでさえ醜い異形の身なのに、こんなにも淫らだなんて。内も外も爛《ただ》れている。

〝泣くな。おまえは、なにも悪くない。薬がまだ、完全には消えていないせいだろう〟

丸まった背中に、御武王が体を寄せてくる。いたずらに瑞宝を刺激しないように、そっと。まるで、壊れ物を扱うかのように。

〝背中に乗れ。泉につれていってやるから。そして、村に出よう。妻の務めなど忘れて、一緒に遊ぼう〟

幼い子どもに言い聞かせるような、噛んで含める口調で、御武王は涙ぐむ瑞宝を宥めてくれる。

瑞宝は言葉もなく、何度も何度も頷くことしかできなかった。

華南の国を救うために、御武王の妻になった。そして、彼の優しさに包まれ、尽くそうと決めた。

でも、妻の務めというものを、瑞宝は理解しきれていなかった。

妻となるために学ぶ深すぎる悦びは、与えられるだけの快楽を知ったときの羞恥とは比べものにならず、瑞宝には耐えられそうになかった。

＊　　＊　　＊

泉で水浴びをして、肌を清める。

そうすることで、ようやく瑞宝は落ち着いた。

恥ずかしいし、自分自身の知らない一面が引き出されたのも、知らなかった感覚も怖くてたまらなかったが、それらすべてをようやく洗い流せた気がした。

御武王の与えてくれた新しい衣に着替えると、彼は瑞宝を人里の近くまで連れだしてくれた。

ただ、伝統的に華南の国で畏れられる狼の身である御武王とは違う意味で、瑞宝自身も異形の身だった。他の人間と接するのは気が引ける。

昨日は人目を避け、村外れで行商人を呼びとめて、そそくさと買物をすませた。

今日も同じように被布を目深にかぶって、髪や目の色を少しでも隠すことにしたけれども、やはり緊張した。

御武王が連れてきてくれた村は、なかなか賑《にぎ》わっていた。いくつかの違う種類の言葉が飛び交っている市だった。

どうやら交易が盛んなようだ。

御武王は村の外の森で待っていると言うので、瑞宝はひとりで市を歩く。

——華南の国は、商業の国だし、市が栄えているのはいいことだ。

戦争が起こっていても、変わりないようで安心する。

書物での知識しかないとはいえ、瑞宝も華南の皇族の端くれだ。民を大事に思う気持ちは持っていた。

——……でも、実際見てみると、本で読むのとはまったく違う……。

瑞宝は、目を大きく見開いた。

民たちの様子に、視線が釘付けになる。

その背格好に、なにより色彩に。

——黒髪、黒い瞳ばかりじゃないんだ。

もちろん、瑞宝のような髪や目の色の者はいないが、肌の色だけでも様々だった。焦げ茶色の肌なんて、初めて見た。髪の色も千差万別だった。まるで黄金色に近い色をした髪の者までいて、瑞宝は目を丸くした。

彼らは瑞宝のように、体を隠したりしていない。

堂々と、往来を闊歩《かっぽ》している。

「珍しい髪の色だね、どこから来たんだい」

まごついたように立ち止まっていると、近くの露店の女に声をかけられた。訛《なま》りがきついが、なんとか言葉がわかる。彼女の肌の色は、とても黒かった。

「あ、あの……。遠くから、です」

「北のほうから来たのかい？　真っ白な肌をしてるもんね。ここにも、北方や西方の商人はよく出入りしているんだよ。ほら、あいつらなんて、あんたの在所の人に近いんじゃないの？」

女が目で指したのは、黄金色の髪の一群だった。

「あんたみたいな髪の色は、初めて見たけどね」

そうは言うものの、女は特に気にした素振りでもない。

瑞宝は、息を呑む。

もしかしたらこの市でなら、瑞宝は奇異の目で見られないのだろうか。

人前に出ることはあまり気が進まない瑞宝を、あえて気分転換で、促すように連れだしてくれた御武王の意図は、ここにあったのだろうか。

こんなふうに、ごく自然に誰かと話ができる日が来るなんて、思いもしなかった。

こみ上げてくるものがあった。

思わず、瑞宝は俯いてしまう。

潤んだ瞳を、見られたくなくて。

「……あまり、外に出ない生活でしたので……」

外に出なかったから、知らなかった。世の中の人々は、こんなにも色に溢れているということを。

母妃が自害したのは、瑞宝が異形ゆえだ。ただ異形というだけではなく、父帝に似ても似つかぬ子を産んだことで、不義の疑いもかけられたからだ。

だから、母妃が都以外の世界を知っていたからといって、自害を思いとどまってくれたかどうかはわからない。でも、こういう世界を知っていたら、少しは救われたのではないか。つい、そう思ってしまう。

「そうなの。どこかのお姫さまみたいだねえ。どうして、ここに来たの」

女は、もしかしたら瑞宝の性別を誤解しているのかもしれない。被布の端を摘むように引っ張りながら、瑞宝ははにかんで俯いた。

「嫁いできました……。今日は我が君が、その、外に出てみるといいと勧めてくださいまして」

「そう。遠いところからお嫁に来たんだねえ。ここは、華南の南の果てだよ」

「……はい」

本当に、遠いところに来た。

一応、国のかたちは頭に入っている。ここが南の果てということは、山と海が近く、大きな港があるあたりか。

「あんた、いいところにお嫁に来たよ。ここはとても豊かな土地だ。それに、あのおっかない蒼平の国からも遠い」

「戦は、もう収まったのでしょうか」

「西や北から来た連中の言うことには、皇帝さまが不思議なあやかしの力を使って、蒼平の国を抑えこんでいるらしいね。さすが、神さまの子孫だけあるよね。おかげで、この市も賑やかさ」

「……よかった」

ほっと、瑞宝は息をつく。

嬉しかった。

女の言葉で、自分がここに来た意義を遅まきながら実感した。

瑞宝が御武王の妻になることで、この人たちの暮らしが守られたのだ。

異形の瑞宝すら、受け入れてくれる懐の深さをもった市場が。

その喜びを、噛みしめる。

──本当に、よかった。

あれだけ泣いたけれども、その甲斐もあった。そう、思える。

妻の務めは、はずかしくてたまらない。でも、そのはずかしさにも意味があるのだとしたら、少しだけ救われた気がした。

それに、御武王の妻であることが、とても誇らしい。

──我が君に、お伝えしなくては。

豊かな暮らしが守られているのは、御武王の力があってこそ、だと。

市場の女たちと話をしたあとは、ぐっと気持ちが楽になっていた。小さくなることなく、瑞宝は市で買い物をし、見知らぬ土地の人々と話をして楽しんだ。

やがて御武王との待ち合わせ場所に戻ると、丸まっていた御武王の周りは白い花で溢れていた。

「我が君、お待たせしました」

跪拝した瑞宝を毛繕いするように、御武王が頬や首筋を舐める。くすぐったくて仕方がなかったが、ぽうっと肌と心が温かくなるような気がした。

〝顔色が、だいぶんよくなったな。楽しんだか？〟

「はい、我が君。市は楽しゅうございました」

〝それはよかった〟

御武王は、ゆるゆると尾を振っている。すると、彼の体から白い花弁がはらはらと舞った。

〝花を摘んできた。よかったら洞穴に飾ってくれ〟

「ありがとうございます」

〝あの殺風景な洞穴も、少しくらいは華やぐだろう。野辺の花だが……〟

「とても愛らしい花ですね。嬉しいです」

瑞宝は嬉しくなって、花を抱きあげた。朝露を含んでいるのか、ふくいくとした優しい香りがしている。

〝愛らしいのはおまえのほうだ〟

御武王は、ふさふさした尻尾を振っている。

「ご冗談を……」

花に顔を埋めるように、瑞宝は呟いた。

嬉しいけれども、照れくさい。それに、ずっと長い間、我が身を恥じて生きてきた瑞宝は、なかなかその言葉を素直に受け取ることはできなかった。

〝路傍の花なのに、そんなに喜んでくれるのか〟

思いがけないことであるかのように驚かれ、瑞宝は小首を傾げた。

「どなたかが……。我が君が、わたしのためにと選んでくださったものは、すべて嬉しいものです」

小花たちを大事に抱きかかえる。

御武王に言ったことは嘘ではない。誰かが自分を想ってなにかをしてくれるということが、とても嬉しかった。

〝おまえは清らかだ。何があっても変らぬのだな〟

御武王は、そっと瑞宝に体を擦り寄せてきた。

〝そんなおまえが、愛しくてたまらない〟

「……」

瑞宝は、目を伏せた。

はにかんでいるし、それ以上に後ろめたくもあった。

御武王は、〝影〟から報告を受けているだろうに。

浅ましく、淫らな瑞宝の姿を。

今朝だって、はしたない姿を寝台に投げだしていた。

『教育』の最中を、御武王に見られないことだけが、救いだった。夜の瑞宝は、変りつつある。少なくとも、性の快楽を知らなかった時とは、まるで別人みたいになってしまった。

——浅ましいわたしの姿を見ても、そうおっしゃってくれますか?

瑞宝は、心の中でそっと問いかける。

御武王と交わるために体をつくり変えられているのに、当の彼は瑞宝の清らかさを喜んでくれる、この矛盾。

瑞宝を清らかだと愛でてくれるのなら、快楽を貪る瑞宝を見た御武王は目を背けてしまうのではないのか。

——わたしはもう、我が君に愛でていただけるような者ではないのに……。

哀しくて、胸が痛くなった。

慎ましやかさだとか清らかさだとか、もう瑞宝は失ってしまった。

そんな瑞宝の本性を知っても、御武王は愛でつづけてくれるのだろうか。

心許なく、瑞宝は身を震わせた。

「どうした、瑞宝?」

「い、いえ……。なんでもありません」

瑞宝が小さく首を横に降ると、優しく御武王が顔を舐めてくれた。

〝少し、体を休めたい。……傍にいてくれるか?〟

「はい、我が君」

御武王が横になったので、瑞宝は髪をとめていた櫛《くし》を外し、彼の毛並みを丹念に梳《と》く。

もとより美しい毛並みの持ち主である御武王だが、櫛で整えれば、まさに光り輝くようになった。

瑞宝の手で、彼が綺麗になっていくのは嬉しい。

「我が君」

〝どうした？〟

「……我が君にお仕えできて嬉しいです」

〝そうか〟

揺れる尾を胸に抱いて、瑞宝は彼に身を寄せる。

「市の人々も、戦が一段落したことを喜んでいました。……すべて、我が君のお力です。わたしは、我が君の妻であることを誇りに思いました」

尾を抱きしめたまま、はにかむように瑞宝が笑うと、御武王のざらついた舌が頬を舐める。

〝俺も、おまえが妻でいてくれてよかった〟

自分たちの気持ちが、これ以上なく通いあっている。それが、とても嬉しい。

——ただ、夜さえなければ。

そう思ってしまうのも、瑞宝の偽らざる気持ちだった。

＊　　＊　　＊

夜がやってくると、瑞宝のもとから御武王が去る。かわりに、彼の〝影〟が支配する、淫らな時間が訪れた。

〝影〟の姿を見たとたん、体が震える。昨夜の激しい責めを、自然に思いだしてしまったからだ。

体の芯が、じわっと熱くなった気がする。どれだけ淫らで、はしたない自分を恥じたところで、体は勝手に反応してしまっていた。

洞穴に飾られた、清楚《せいそ》な野辺の花の白さが目に痛いほどだ。あんな清楚な花、もう瑞宝には似合わない。

御武王が愛でてくれる瑞宝は、夜にはいない。

「昨夜、教えたようにしてみろ。……まずは薬なしで、三回絶頂を迎えるんだ。上手くできたら、褒美を与えてやろう」

そんなふうに命じられると、恥じらいで頬が赤く染まる。けれども、拒めない。命令だから、これが華南の国のためだからというだけではなく、悦びというものが肌に染みついてしまっている。

瑞宝は衣を落とすと、寝台に横たわり、大きく足を開く。そして、〝影〟の目の前に、はしたない部分をさらした。

「……ん、は……ぁ、あ……あぁっ！　きもちい……い……、指でぐちゅぐちゅするの、きもちいい、おしりだけでいく、いっちゃう……っ」

甲高い声を上げながら、瑞宝は果てた。

もう何度、達したか。自分では、そんなこともわからない。

寝台にぐったりと体を投げだしながらも、瑞宝の指先はいまだ陰部をまさぐっていた。

「……ん、は……ぁ……」

まだ、そこは疼いている。

指で刺激しつづけたい。

もっと激しく弄りたかった。

「もう達したのか。これで、三回めだな」

〝影〟は冷静に、瑞宝が歓喜した回数を数えていたようだ。

——三度……。

後孔をまさぐる指を、思わず止める。

木の根での責めよりも自らの手で自分を辱めることを選んだ結果、瑞宝の小さな後孔は妻の務めに耐えられるものに変わりつつあった。

まだ触れていたくて、うずうずする。けれども、もっとしたいなんて、さすがに言うことはできなかった。

これは、教育なのだから。

三度絶頂を極めた後、〝影〟に命じられたとおり、瑞宝は次の段階に移らなくてはならなかった。

瑞宝は寝台に横たわったまま脚を開き、自ら辱めていた場所を〝影〟に対してさらけだした。

そして、嬲られているうちに体液が滲むようになったはしたない孔を、震える指で開いた。

「……しまし、た……。三回、いやらしいこと、しましたから……っ。どうか瑞宝に、あのお薬をくださ……い……」

震える指先で後孔をまさぐりながら、瑞宝は哀願する。そうしない限り夜は終わらないと、わかっているからだ。

「……おねがい、します……っ、あつ、くて……、いやらしい白いの、なかでだして……っ」

後孔を指で押し開く。

そうすると、木の根がするりと近づいてきた。

「あん……っ」

異物の感触に、瑞宝は思わず喘ぐ。

開かれた後孔に、根が入りこんできたのだ。

「……ん、や、なか入っちゃ、やぁ……っ」

後孔を開いているものの、木の根に入りこまれるのは怖い。それを待ち望んでいるくせに、言葉では否定してしまう。

瑞宝は髪を振り乱すように頭を振る。

「……しろいの……白いのだけください、奥にびゅってして、出して……っ」

せがんだ途端、体内に叩きつけるように奔流が迸った。

「ひ、あ……っ、ああ……！」

全身をがくがく震わせながら、瑞宝は嬌声を上げ続ける。

「い……いい、よ……、きもち……いい……」

呟いているうちに、意識がどんどん遠のいていく。

白い液体を吹きかけられたそこの、疼きはますますひどくなっている。火がついたように、熱くもなっていった。

「……ち、い……いい、白いの、気持いい……っ」

譫言みたいに繰りかえしながら、ふたたび激しく瑞宝は後孔を指で弄りはじめる。

無我夢中だ。

快感のことしか、もう考えられなくなっていく。

やがて、瑞宝はゆっくりと闇に落ちていった。


瑞宝に意識が戻ると、すでに〝影〟はいなかった。

もう、夜の責め苦は終わったのだ。

瑞宝は、ほっと息をついた。

はしたなく乱れた体は、御武王が来る前に清めなくてはならない。瑞宝は、そっと体を起こそうとする。だが、腰から力が抜けてしまった。

「あっ」

瑞宝は赤面する。

寝台から体を起こす時、下肢のものが擦れてしまったようだ。そのせいで、落ち着いていたはずの体に火がついてしまった。

――どうしよう……。

瑞宝は、そっと口唇を噛む。

人を淫らにさせるというあの薬のせいか、瑞宝の体はとても敏感になっている。少し擦れるだけで、ひどく感じてしまうのだ。

たとえば、今のように。

衣と肌が擦れるだけでも、体がむずむずしてどうしようもなくなることもあった。

御武王と触れあうときも、首の後ろがびりっと震え、熱く火照りはじめることに瑞宝は気づいていた。

御武王は瑞宝を清らかだと言ってくれるけれども、その震えや火照りが、自分のはしたなさの証であることを知っているから、瑞宝は後ろめたくてたまらなかった。

まだ夜の余韻が残っているせいか、下肢が疼いてしかたない。

それどころか、指で弄られることを覚えてしまった孔が、ひくひく震えているのがわかる。

中からは、淫らな白い薬が溢れてくる。肌をそれが伝う感触すら、体を熱くさせた。

このまま、御武王の前に顔を出すことはできない。

――我が君は、わたしを清らかな妻だと言ってくれるのに。

己の淫らさが情けなくて、恥ずかしくて、涙が出そうだ。

淫蕩《いんとう》な自分を恥じれば恥じるほど、体は敏感になっていく。迂闊には、身じろぎ一つできないほどに。

きゅっとくちびるを引き結んだ瑞宝は、自らのはしたなさを噛みしめて、泣きたいような心地になった。

しかしそれ以上に、求める気持ちが強くなっていく。

寝台に四つん這いになった瑞宝は、腰を大きく上げた。

そして、ゆるみきっている後孔へと、指を入れる。

一本では足りなくて、二本、三本、と。びっくりするくらい抵抗なく、すんなり入っていった。

最初は、影に弄ばれたあとでないと、こんなふうにならなかった。それなのに今では、ちょっとの刺激で快楽が欲しくなる。

なんて浅ましい体なのだろう。

「……はずか、し……い……」

教えられたとおり、言葉にする。

そうすると、ますます全身に火がついてしまう。

欲しくなったらいつでも、どこでも、己で体を慰めるようにと、〝影〟には言われていた。

それも教育の成果なのだから、と。

「わたし…の、おしり、ゆび、三本……三本も入っちゃった……っ」

三本の指を中でばらばらに動かす。すると、注ぎこまれた白いものが、とろりと中から溢れてきた。

太股《ふともも》を伝う感覚に、瑞宝はかっと頬をあからめた。

「……ひん、や……っ。ぐちゅぐちゅって言ってる、中から白いのでる……っ」

指をせわしなく動かしながら、瑞宝は喘ぐ。

性器も熱を持ってしまい、このまま弾けてしまいそうだ。

「……っ、は……。ん、いき……たい、はやくいきたい、いきたい、の……にぃ……っ」

御武王が来る前に、夜の淫蕩さとは決別したい。

それなのに、なかなか上手くいかなかった。

焦りがあるからだろうか。

「……や、あ……っ、あっ、あ……」

頭の中が、白んでいく。体の熱と、それを発散することしか、考えられなくなっていきそうだった。

「……ん、あ……っ、あ、あぁっ、いい……いく、またおしりでいっちゃう……っ」

感極まったように声を上げて、瑞宝は背をしならせた。

「……は、あ……」

下半身の熱が弾け、一気に気怠《けだる》さに包まれる。

そのまま寝台に倒れこみ、ぼんやり仰向けになった瑞宝は驚愕した。

傍らには、御武王がいた。

＊　＊　＊

〝そんなに泣かなくてもよい〟

御武王は、優しく声をかけてきてくれる。

でも、とても瑞宝はそう思うことができない。御武王に背を向けたまま体を丸め、手で顔を覆って泣きじゃくりつづけた。

清らかだと言ってくれる彼に、淫らな自分を見せたくなかった。それなのに淫らな事後の裸どころか、浅ましく自分を慰めている最中の姿を、とうとう見られてしまったのだ。

言葉もなく泣き続けている瑞宝を、御武王はどう思っているのだろう。彼は慰めるように、何度も何度も舐めてくれた。

〝恥ずかしいのか〟

瑞宝は小さく頷いた。

恥ずかしい以上に、怖ろしくもあった。優しくしてくれた御武王も、もう今までみたいに瑞宝を愛でてくれないのではないか、と。

〝快楽を求めるのは、自然なことだ。それに、夫婦なのだから、恥ずかしがらなくてもいい〟

瑞宝は、首を大きく横に振った。

「……我が君だから、こそ……」

大きくしゃくりあげ、瑞宝は呻く。

「我が君だからこそ、こんな浅ましい姿は、お見せしたくなかったのです……！」

涙は、拭っても拭っても止まってくれない。

「わたしは変わってしまったから……。あの花が似合うと、我が君が言ってくださったようなわたしじゃなくて……」

混乱しているせいで、自分の気持ちがちゃんと伝えられているかどうか、わからない。

だが、瑞宝は訴えずにはいられなかった。

「こんな……になって、はずかしい……怖い……」

〝そうさせたのは俺だ〟

涙が止まらない瑞宝に添い寝するように、御武王は寝台に乗り上げてきた。

そして、柔らかに包んでくれる。

〝悪かったな。おまえのように素直で初心い者には、辛すぎる教育だったか〟

優しく慰められていると、御武王の温もりが伝わってくる。

瑞宝が泣いている原因を作ったのは彼なのに、その温もりに癒されるような気がしていた。

〝やめるか〟

少しためらったものの、御武王はさばさばした口調で言い出した。

〝夜の務めは、もうやめよう〟

「我が君……？」

驚きのあまり、瑞宝は思わず体を起こしてしまう。

そして、泣きはらした目元を、ごしごしと擦った。

瑞宝は御武王と交わるために、彼の妻に選ばれたのだと言われた。

そして、陰陽の交わりのために、妻としての教育を受けていたのだ。

それなのに、夜の努めをやめてしまって、いいのだろうか。

濡れた頬を、御武王は舐めてくれる。

〝俺は、おまえが愛しい。だから、もういいんだ〟

凛と響く声は、瑞宝の涙を止める。

〝俺の妻であることを誇りに思ってくれている、おまえの真心に俺も応えたい〟

まさか、彼がそんなふうに言ってくれるなんて、瑞宝は思ってもみなかった。

〝最初は、無理にでも馴らして……と思っていたが、そうするには、おまえが愛しくなりすぎた。これ以上おまえの嘆きを見つづけるのは、俺にとっても辛い。我ながら身勝手だが……。おまえには、笑っていてほしい。あの、野の花を見た時のように〟

その優しい言葉に、一度は止まった涙がふたたび溢れだす。

獣身の神でも、心は人と同じ。

こんなにも、情に溢れているのだ。

この獣身の神は、瑞宝のことを愛してくれている。

瑞宝は、愛されている。

その自覚が、瑞宝の心を揺さぶる。

どういう種類の感情かは、まだ瑞宝自身にもわからない。けれども、獣身の神を慕う気持ちが芽生えて、それが胸を高鳴らせている。

人と獣であっても、こうして寄り添いあうことはできる。

言葉を交わすことで、通じることもできる。

そのことに、瑞宝は掛け値無しの喜びを見いだしていた。

「我が君……っ」

瑞宝は泣きながら、御武王にしがみつく。

「そのお心が、なにより嬉しいです」

己を恥じて流した涙は、いつのまにか喜びの涙へと変わっていた。

御武王は、華南の皇族と交わらなければいけなかったはずだ。それなのに、「もういい」と彼は言う。

もちろん、淫らな自分をさらけだすのは恥ずかしいが、やがて瑞宝は心配になりはじめた。

御武王は、なにかの証立てで瑞宝と交わることが必要なのだろうに、それでいいのか、と。

しかし御武王は、〝おまえと交われないからと言って、儚くなるわけではない。案ずるな〟と言うだけだ。

おまえが傍にいるのなら、それでいい。そう、御武王は言った。事情がよくわからないながら、その言葉は無性に嬉しくて、また瑞宝は泣いてしまった。

以来、御武王と一緒に過ごす日々は、穏やかに過ぎていく。

瑞宝は被布で顔を隠すこともなくなった。

市に出れば、やはり珍しがられる。でも、顔も上げていられないほどの疎外感は、感じないですむようになっていた。

それに、市井の人々と話をするのは、とても楽しい。あけすけに珍しがられるのも、そんなにいやなものではなかった。

御武王が出かけているときは、やはり〝影〟が瑞宝を訪れることもあるけれども、淫らに触れることはない。

ただ、話し相手になってくれるだけだ。

御武王は瑞宝に、妻としての教育を施すことを本当にやめてしまった。

薬も飲まされない。

しばらく後遺症は残るかもしれないが、そのうち抜けるだろう。そう、御武王は言っていた。

かわりに、瑞宝は彼の尾を抱きしめるように、寄り添って眠るようになった。

もう、夜は寂しくない。

幸せすぎるほど幸せな、毎日だった。

やがて、蒼平の国の軍勢は御武王の手によって完全に追いかえされ、華南の国は見事に守られた。

父帝の使いが、いつも瑞宝が食料を得るために下りている人里に来たのは、そんな折りのことだった。

瑞宝に会いたい。宮城に戻ってほしい。そういう言伝を持って。


――見えてきたぞ。宮城だ。

御武王の言葉に誘われるように、瑞宝は眼下を見下ろした。

蒼平の国との戦で、一度は落とされた城だ。今もまだ、荒廃している。忙しく立ち働く人々が遠目にも見えるから、ちょうど復興が始まったところなのだろう。

空を駆ける狼の背中に乗り、瑞宝は生まれ故郷に戻ってきた。

そんなに長い間ここを離れていたわけではないのに、宮城での暮らしが遠い昔のことのように感じられた。

御武王の傍で過ごした短い期間に、それだけいろいろなことがあった。

それに、ここを出た時とでは、ずいぶん瑞宝の心のありようも変わったから、そのせいかもしれなかった。

過ぎていった時間を少し振り返るだけでも、こんなにも懐かしく感じられるなんて……。

――まさか、ふたたび宮城に来ることになるなんて、思ってもみなかった。

感慨深い。

二度と戻れないだろうと、覚悟していたのに。

それに、不吉な存在として忌み嫌われていた瑞宝に、まさか父帝が「会いたい」と言ってくれるなんて、思ってもみなかった。

――父帝のお気持ちが、ありがたい。

瑞宝は、素直にそう考える。

瑞宝も、怖れられる側から、獣身の神である御武王を怖れる側になったこともあり、父帝が瑞宝を生かしておくために、どれほどの勇気が必要だったか、あらためてよくわかった。

愛情がなければ、とうてい無理だろうことを、父帝が成し遂げたことも。

離れて、ますます父帝への感謝の念と愛情が強くなっていた。

気づかせてくれたのは、御武王だ。

彼と情を通い合わせることで、見えてくることがたくさんある。

宮城に降り立った今も、瑞宝は布を被っていない。堂々と顔を上げていられた。

周りに、人が集まってくる。

視線が気にならないといえば嘘になるが、瑞宝は案外自分が落ち着いていることに驚いた。

それに、傍らには御武王もいてくれる。

少し怖くなったら、御武王の美しい毛皮をそっと撫でる。それだけで、この場に立ちつづける勇気をもらえる気がした。

「瑞宝です。陛下に、お目通りを」

駆けつけてきた門番にそう頼むと、恭《うやうや》しく平伏される。

周りの人々の身なりは、以前よりも華美さはなくなったものの、きちんとしたものだった。

戦乱で荒れた国が、少しずつ平穏を取り戻そうとしている証拠だ。

瑞宝は安心した。

そして、この平穏を取り戻したのが御武王……——自分の夫であることに、瑞宝は誇らしさを感じていた。

＊　＊　＊

「よく戻ってきたな、瑞宝」

父帝は、喜んで瑞宝を出迎えてくれた。

瑞宝は生まれて初めて、父の私的な食卓に招かれた。

皇帝が、特に親しい人と食事をするためのその部屋に、不吉の象徴だった瑞宝が立ち入ることができるはずもなかったのだ。

食卓には、兄皇子たちも揃っていた。

御武王は、いない。

久々の家族団らんを邪魔したら悪いと、御武王は誰かに何か言われる前にこの場を去っていた。

また明日になったら迎えに来ると、言い残して。

「息災であったか？」

父帝は瑞宝の杯に美酒を注ぎながら、優しく問いかけてきた。

「はい」

「しかし、そのような民草のような姿をして……。辛い暮らしをしているのだろう。哀れな」

労《いたわ》るような言葉に、瑞宝は小さく首を横に振る。

確かに、宮城にいたときほどきらびやかな格好はしていないのだが、この服は御武王がくれた大事なものだった。

それに、今の生活には都合がいい。

父帝は、瑞宝が食料を仕入れていた村に白髪の異形が現れるという噂を聞いて、瑞宝の居場所を特定したらしい。

それで、使いを差し向けたのだという。

「いいえ、この格好は動きやすくて、便利なのです。わたしは幸福に暮らしておりますから、ご心配いただかなくても大丈夫です」

「しかし、まさかおまえが山深い鄙《ひな》で暮らしていようとは……。皇子として生まれた身であるのに、大変な運命を背負わせてしまった」

しきりに嘆く父帝を見ていると、かえって申し訳なくなってきた。

本当に、瑞宝は今の生活が辛いわけではない。

この気持ちは、どうすれば父帝に伝えられるのだろう。

——わたしは、本当に幸せなのに。

たったひとつの悩みだった辛い夜の務めからも解放され、御武王には優しく思い遣られている。

宮城にいたときとは比べものにならないほど、瑞宝はのびのびとした暮らしをしていた。

「それもこれもおまえが、『国に災いを呼び、国を救う者』として生まれたがゆえか……」

父帝は、深く息をついた。

「瑞宝」

「……はい」

なんとなく、部屋の空気に居心地の悪さを感じてきた。

上手く言葉で言い表せないのだが、緊張している。

それは、御武王の傍では感じたことのなかった種類のものだ。

のどかで幸福な日々になれていた瑞宝は、沸き上がる警戒心に戸惑いを感じた。

なぜだろう。瑞宝は、この宮城で生まれ育った。だから本来は、この場所こそが落ち着ける、本来の居場所であるはずなのに。

父帝は、複雑そうな表情になる。

「おまえの存在は華南の国に災いが起こる証だが、おまえ自身はその災いから国を救える力を持つ。……そうだな」

「はい。そのようにトいに……」

なにをいまさら、こんな話をされるのだろうか。

不思議に思いながらも、瑞宝は頷いた。

この名前を誇りとして、瑞宝は御武王に嫁いだのだ。

「ならば、またこの国を、災いから救ってはくれぬか？」

「災い……ですか。しかし、蒼平の国の兵どもは退けられたのでは」

瑞宝は首を傾げる。

国は落ちつきを取り戻しつつあるように見えた。

それなのに、いまだ災いが取り除かれないとは……？

「戦は終わった。だが、余が愚かだったのだ。青海貴人の加護を受けるこの国の皇帝でありながら、異国の神に縋ってしまった」

父帝は、じっと瑞宝を見据えた。

「青海貴人の託宣が下りた」

「え……っ!?」

瑞宝は、目を大きく見開いた。

青海貴人は華南の国の守り神だが、託宣が下りるとは、珍しい。

男でも女でもある豊穣を司《つかさど》る神は、年の始めには国で一番大きな社に姿を現す。唯一、確実に神が降臨する機会がそれだ。

不吉な者とされてきた瑞宝は、遠目にしかその姿を見たことはない。しかし、光輝くように美しい神だということだけは聞いていた。

青海貴人は気まぐれで、祈ったからといって、必ず現われるとは限らない。また、近隣諸国の神々と同じく、願いを叶えるためには必ず代償が必要となるし、誰の願いでも聞き届けるわけではなかった。

その神が、みずから託宣するとは、よほどのことに違いない。

「何があるのですか」

不安になって、瑞宝は父帝に問う。

父帝は、追い詰められたような表情になる。

「異国の神を、追い払わなければならない」

「……！」

瑞宝は、顔色を変える。

「まさか……」

思わず息を呑む。

異国の神……――ということは、つまり。

「御武王を、殺さねば」

厳かに、瑞宝が最も怖れていたことを告げられる。

「そして、瑞宝。青海貴人の血を引きながら異国の神に嫁いだおまえは、御武王を殺すことで血を清め、またこの宮城に戻るのだ。さもなければ、我々皇族は神の加護を失ってしまう」

瑞宝は目を大きく見ひらいた。

「わたしが、御武王を……」

鸚鵡《おうむ》返しにして、ゆっくりとその言葉を飲みこんでいく。

瑞宝が、御武王を殺す。

神の加護を失わないために。

「そんな……」

あまりの父帝の言葉に、瑞宝は大きく声を上げた。

「そんなことは、できません！」

これが目的で、父帝は瑞宝を宮城に呼び戻したのだ。

瑞宝に、御武王を殺めさせようと。

御武王は華南の国に、瑞宝に尽くしてくれる。そんな人を、どうして殺すことができようか。

彼がいくら異形の、異国の神だからとはいえ、絶対にできない。したくない。

「それに、御武王はこの華南の国を救ってくれたではありませんか」

「それが間違いだったのだよ」

父帝は、悩んでいるようだ。

国は滅ぼせない、加護を失いたくない……。でも、御武王には恩があることもわかっている。

だから、苦渋に満ちた表情をしている。

昔から、こういう人だった。

根は善良なのだ。

ただ、強い意志はないだけで。

神の加護を失うという託宣により、父帝が煩悶《はんもん》するのはわかる。

皇帝は、神の加護があってこそ、皇帝たり得るのだから。

「相手は獣だ。何をためらう」

血の気が多い、二番目の兄である叔兄《しゆくけい》が低い声で瑞宝を叱りつけた。

「獣だなんて……。御武王は、わたしたちと何も変わりません！」

泣きたい気持ちを必死に押さえ、瑞宝は抗議する。

「獣が人に見えるとは……」

呆れたように、叔兄が言う。

「……っ」

瑞宝は、表情を変えた。

自分だけではなく、御武王まで辱められているように感じられたのだ。

「御武王は、獣身の神です。でも、人と同じ心を持っています」

「瑞宝、皇族が神の加護を失えば、その地位を奪われるのだぞ。それがどういう意味なのか、わかっているのか。父帝も、我らも国を追われるかもしれぬのだぞ」

長兄である皇太子が、窘めるように言う。

「……っ」

瑞宝は言葉を失う。

それを言われると、辛い。

だからと言って、自分たちの保身のために、この国を救った御武王を殺していいのだろうか。

「戦のあとの復興で、どうしても民草には負担がかかり、不満が高まっている。このままでは、革命が起こるかも知れぬのだぞ」

皇太子は、追い詰められたような表情をしていた。

革命とは、新たな一族が皇帝になることだ。

皇帝が神の血を受け、神の加護を与えられた華南の国で、革命とは皇帝の徳が失われ、神に見捨てられたときにのみ起こるものだった。

神の籠を失った皇族は、追放されることになる。

それでも、御武王を殺すなんてことに、すんなり同意できるはずがない。

「で、でも……」

言葉は出てこないが、なんとか反論をしようとする。

そんな瑞宝に対して、叔兄は軽蔑のこもった眼差しを向けてきた。

「おまえは獣と交わって、身も心も獣に墜《お》ちたのか。さすが異形の身だな」

叔兄の言葉の刃は、瑞宝の心を切り裂いていく。

そして父帝は、その言葉を諌《いさ》めたりはしなかった。

向けられた視線も、決してあたたかいものではない。

瑞宝は、父帝のおかげで生きながらえた。その恩は、何があろうと失われるわけではない。

だが、父帝のこの態度には、打ちのめされた。

兄皇子たちには、もとより疎まれていた。しかし、父帝だけは、もう少し……――もう少し、違う感情を持ってくれているのではないかと、期待していたのに。

「でも、できません……っ」

もはや、その叫びは理屈ではなかった。

「我が君を殺めるなんてことは、わたしにはできません。絶対に！」

こんなふうに、誰かの言うことに反論するなんて初めてだ。

精一杯の勇気を振り絞り、瑞宝は主張する。

「それに、契約通りにこの国を救ってくれた恩人を、そのように殺めることは義に背きます！」

さすがに、痛いところを突いたのかもしれない。叔兄は舌打ちをする。

父帝も、何か言いたそうな表情で瑞宝を見るだけだ。

しかし、思いは届かない。

「瑞宝を引っ捕らえて、牢に入れよ」

父帝の命令が、無情に響いた。

九章

雨だれが石を穿つ音が響く石牢で、瑞宝は小さく身を丸めていた。

父帝は、御武王を殺せないという瑞宝を、躊躇いもなく牢に閉じこめた。

逆らった瑞宝に対して、父帝は情を示すというよりも忌むような態度を見せたのだ。

瑞宝だって、国を守るためだというのなら、もっと悩んだだろう。たとえば民の命がかかっているというのなら、嫌だと言いつづけたりもできなかったに違いない。

でも、父帝たちが御武王を殺めようとしているのは、国のためでも、命を守るためでもない。

青海貴人の不興を買ったからだ。

自分たちが皇族であり続けるために、御武王を殺せという。

——わたしだって、父帝や一族を追放させたくはない。でも、でも、そのために、誰かを殺めることに、何もためらいがないなんて……。

この国の皇帝は、青海貴人の加護を支配のよりどころにしていた。

つまり、青海貴人に逆うことはできないし、このままでは新たに神の血をわけ与えられた一族が皇族として登極することになる。

だから、父や兄たちは焦っている。

その気持ちは、よくわかる。

とは言っても、瑞宝には御武王を殺すなんて無理だ。

姿かたちは獣身ではあっても、御武王と瑞宝は情を通い合わせている。

御武王ほど、瑞宝を想ってくれている人は、他にはいない。

そしてまた、瑞宝も、そんな彼を慕っていた。

たとえ彼が、異国の獣神だろうと。

――……我が君はご無事だろうか。

いったいどうしたら、御武王を助けられるだろう。血がつながった皇族たちの身の安寧より、いつしか瑞宝の心の天秤《てんびん》は御武王に大きく傾いていた。

――わたしを迎えに来てくれると言っていたけど、来ては駄目だ。

瑞宝が殺せないと言い続けたところで、父や兄たちはきっと策略を巡らせて御武王を殺そうとするだろう。

瑞宝を迎えに来てくれる御武王を、狙うに違いない。

いったい、どうしたらいい？

瑞宝はあまりにも無力だ。

このままでは、いたずらに御武王が迎えに来るまでの時間を費やすことになってしまう。

――わたしに、何ができるだろう。

瑞宝は、くちびるを嚙みしめた。


やがて、怖れていた時がやってきた。

瑞宝は牢から出され、何かを隠すように飾り立てられた。そして、宮城で一番見晴らしのいい物見台へと連れだされた。

御武王を、出迎えるために。

物見台に立たされる意味は、わかっていた。

四方の狙撃用の塔から、そこは一番狙いやすいのだ。

かつて、何度も暗殺の舞台になった場所だった。

父帝には、正々堂々と戦うつもりはないらしい。瑞宝は、哀しくてたまらなかった。

御武王の強大な力を、誰もが恐れている。

最初に瑞宝に御武王を殺せと言ったのも、籠絡《ろうらく》させて裏を掻かせるつもりだったからだろう。

御武王は強い。

だから、上手くいけば彼を逃がすことはできるはずだ。

ただ、瑞宝という要因が、どのように脚を引っ張るか。

蒼白になったまま、瑞宝はその場に引き摺《ず》られていった。

おとなしくしていれば、瑞宝の命だけは助けると言われた。

瑞宝は、国のために必要な存在だから、と。

いつか、ふたたび訪れるかもしれない華南の国の、危機を救うための存在として。

トいが示した通り、瑞宝の存在で国は救われた。だから、生かしつづける。そう、父帝は決断していた。

瑞宝を蔑む叔兄すら、それを認めている。

それが、自分が皇族として必要とされる意味なのだ。

だから、呼び戻された。

会いたかったからじゃない。

気遣ってもらえたからじゃない。
悲しかった。
御武王との間にあった血が通う温もりを、実の親族から感じられないことが。
瑞宝は冷ややかさと侮蔑の眼差しに囲まれたまま、物見台に立たされた。
風が、静かに吹いていた。
瑞宝の白髪は、風に乱される。
空を見つめていると、遠くから美しい銀の毛並みをした狼が駆けてくる姿が見えた。
――御武王……。
瑞宝は、目を細めて彼を見つめた。
恋しさすら感じるその姿。とても会いたかった。
でも、今は会えない。
彼は、ここに来てはいけない。
意を決して、瑞宝は声を張り上げる。
「我が君！」
呼ばれるのに応じて、御武王が一目散に瑞宝のもとに駆け寄ってこようとする。
しかし瑞宝は、それを押しとどめたかった。

自分の身の安全なんて、考えていない。

案じているのは、御武王のことだけだ。

「いけません、ここに来ては」

「瑞宝……！」

叔兄の、怒声が聞こえてくる。しかし、構わない。弓兵の殺意が向けられたとしても、瑞宝は決して怯まなかった。

「お命を、狙われています！」

「貴様、裏切ったな。命が惜しくないか……！」

「……わたしは、わたしの心を裏切れません」

瑞宝は毅然とした表情で、叔兄を見据えた。

覚悟は決まっている。

勿論、死ぬのは怖い。

でも、御武王が傷つくくらいなら、瑞宝が傷つくほうがずっといい。

「……っ」

弓矢が一斉に射かけられる。咄嗟に身を守るように丸くなったが、肌や絹を掠め、切り裂いていく。

〝瑞宝……！〟

御武王が吠える。

〝瑞宝に手を出してみろ。この宮城もろとも、吹き飛ばしてやる〟

怒りに満ちた咆吼に、弓矢の雨が一瞬止んだ。

その時だ。


「そのまま、瑞宝を見殺しにすれば、おまえを助けてやろうか」

場違いなほど軽やかなのに、どことなくねっとりとした媚《こ》びを含んだ声が聞こえてきた。

〝……！〟

「……あ……」

その場に、動揺したようなざわめきが起こる。

神々しいほどの輝きに包まれて、一人の神が降臨したのだ。

男であり、女でもある。薄衣を身にまとったその姿は、麗《うるわ》しい美女のようでいて、男らしい硬質な雰囲気をも醸しだしていた。

「青海貴人！」

誰かの悲鳴のような叫び声とともに、その場の人々全員が跪いた。

——あれが……青海貴人？

こんな近くで見るのは、初めてだ。

瑞宝もまた、自らの祖である人身の神に対して跪く。

そんな瑞宝の傍に、御武王は舞い降りた。

〝瑞宝、大丈夫か〟

「はい、我が君」

瑞宝は、そっと御武王に寄り添った。

彼のあたたかな毛並に触れて、ようやく息をつけた。

冷たい石牢での一晩を経て、こうしてまた寄り添えることが、得難い幸せのように感じられた。

そんな二人へと、青海貴人は近づいてくる。

切れ長の黒い瞳は、あだめいた輝きを放っていた。

「御武王よ。我が地を汚し、その身に呪いを受けた異国の神よ」

長い黒髪を揺らし、皮肉っぽく青海貴人は微笑む。

「その姿を見るに、まだ瑞宝と交わっていないようだな。元の姿に戻り、海を渡って国に帰りたいだろうに」

青海貴人は、御武王と瑞宝を見比べた。

――帰る？

その言葉に、瑞宝は胸を突かれた。

御武王が瑞宝と交わろうとした理由が、ようやく理解できた。

今の狼の姿は、御武王本来のものではない。だからこそ彼は、青海貴人の課した条件を叶えようとしたのだ。

つまり、華南の皇族と交わることを――。

「陰陽の交わりが無理ならば、他の条件を与えてやろう。瑞宝を見殺しにすればよい。そうすれば、元の姿に戻してやる」

うっすらと、青海貴人は誘惑じみた笑みを浮かべている。

思いがけない言葉に、瑞宝は思わず目を見開く。

神の口に、みずからの死を言葉にされた。その衝撃は、耐えがたいものがあった。

「瑞宝一人の犠牲で、おまえは我が地の封印から解かれるぞ」

瑞宝は、表情を強ばらせる。

青海貴人と御武王の証立ての理由を、ようやく知った。御武王のように強大な力を持つ神が、力を封じられているという意味も。

御武王は、小さく息をついた。

〝……この大陸に渡ってきてすぐ、青海貴人の禁域に足を踏み入れてしまってな。その結果が、このざまだ。本来の姿を失い、青海貴人の地から出られなくなった俺は、この地に踏みとどまる羽目になった。元に戻る条件は、青海貴人、あるいはその血筋のものとの和合だ〟

「わたしが相手をしてやると言ったのに、断ったおまえが悪い」

青海貴人は、御武王に流し目を向ける。

なんとなく、その視線を怖く感じて、瑞宝は御武王を庇《かば》うように立ちはだかってしまった。

〝誰が、おまえなんかと〟

御武王は、あからさまに不愉快そうな表情になる。

青海貴人が、御武王との陰陽の交わりを求めていたなんて、想像もしていなかった。

瑞宝は、思わず頬をあからめる。

そして、姿を変えられてしまった御武王は可哀想《かわいそう》だけれども、彼が青海貴人と睦みあったりしなくてよかったと、思ってしまった。

御武王と青海貴人が夫婦の契りをするなんて、絶対に嫌だ。

御武王の首筋にしがみつき、そのぬくもりに触れる。

御武王は、瑞宝の「我が君」だ。

それがたとえ神相手だろうとも、譲りたくない。

青海貴人は豊穣の神。そして、和合をも司る。彼が御武王に求めたものは、かの神としては当然の証立てだったのかもしれない。

しかし、御武王はそれを拒んだため、この地に縛りつけられた。

そして今、必要とされているのは、瑞宝の命だ。

青海貴人は、瑞宝を見殺しにすれば、御武王を元の姿に戻してやると言っている。

獣神に姿を変えられてしまった、異国の神を。

——わたしはずっと、我が君に守られ、与えられるだけだった。でも……、これで、わたしにもできることがある。

瑞宝にしか、できないことが。

「……我が君」

銀の毛並に顔を埋めた瑞宝は、そっと彼の名を呼ぶ。

そして、恭しく口づけた。

「どうか、幾久しく健やかで……」

初めて口唇で触れた感触は愛しくて、瑞宝は泣きたいような心地になる。

こんな気持ちで触れあえる存在は、きっと他にいない。

人でも、獣でも、神でも。

瑞宝は彼からそっと体を離すと、そのまま身を翻した。

そして、物見台の端に向かって、駆けだす。

「青海貴人！」

振り返りざま、神の名を呼んだ瑞宝は、証立てを確かなものにするべく声を張り上げ、神に問う。

「わたしが不浄な存在だというのなら、わたしさえ消えれば、この華南の国は守られ、父帝の地位は安堵され、御武王は元の姿に戻れますね？」

青海貴人は、妖《あや》しい笑みを浮かべて頷いた。

神の証立てには、それだけで十分だ。

瑞宝はそのまま、物見台から身を躍《おど》らせた。

十章

瑞宝さえ消えれば、皆が助かる。

誰よりも、御武王が。

それならば、瑞宝の選ぶ道はひとつだけだ。

飛び降りた瞬間、覚悟と共に目を閉じた瑞宝だが、体がふわりと宙に浮く。

驚いて見開いた瞳には、銀の毛並が映った。

御武王だ。

瑞宝は、御武王に受けとめられていた。

〝馬鹿な真似をするな……！〟

御武王の声にかぶせるように、青海貴人が笑う。

「どうせ瑞宝は、狼とは交われぬのだろう？　ならば、ここで見殺しにしないと、おまえは一生我が呪いから逃れられぬぞ」

〝構わん〟

天駆ける銀の狼は、ためらいなく断言した。

〝元に戻れなくとも、国に帰れなくても、瑞宝さえいればいい……！〟

「己の根のある場所に戻れなかったら、我らは長く生きられんぞ。おまえもわかっていよう。生まれた土地にあれば、我々は永遠を生きる。だが、そうでなければ人間と同じ、命に限りある弱い生き物だ」

〝構わない、と言っている〟

瑞宝を背にしたまま物見台に戻った御武王は、金の瞳を強く輝かせた。

〝瑞宝以上に大事なものなど、俺にはない〟

「我が君……」

思いがけず助けられた瑞宝は、戸惑いの表情を浮かべた。

御武王が今までしてきたことは、元の姿に戻るためのものだった。

それなのに、彼はそれらが無になろうとも、瑞宝を助けることを選んでくれたのだ。

彼の命を削《けず》るような行為だというのに。

「我が君、我が君……！」

胸がいっぱいで、涙が溢れて、まともに声が出てくれない。

〝泣くな〟

御武王は、するっと身をすり寄せてくる。

〝おまえさえいてくれるなら、俺はそれでいい。どこかで、二人で静かに暮らそう〟

御武王は、舌で瑞宝の涙を舐めてくれた。

〝だから、二度と自分の身を粗末にするような真似はしないでくれ〟

「……はい」

優しい言葉に、瑞宝は大きく頷く。

瑞宝も、気持ちは同じだ。御武王と一緒にいたい。

離れたくない。

寄り添う二人の前に、青海貴人がふわりと舞い降りる。

神はなぜか、晴々とした笑みを浮かべていた。

「……これぞ、真の和合なり」

貴人の呟きとともに、あたりは光に包まれる。

目も眩《くら》むほどの輝きに。

青海貴人は、高らかに宣言する。

「また、こたびのことを通して、玉座の品格は見定めた。……華南の地には革命が起こるべし」

その言葉は、今の皇帝の血統を次代にはつながないという意味だ。

瑞宝は息を呑む。

すべて、瑞宝たち一族は試されていたということなのだろうか？

もしかして、蒼平の国が攻め入ってきたこと自体が。

よく考えてみれば、青海貴人の加護がいまだ皇族に向けられているのならば、戦になった時点で託宣もあっただろう。

しかし、今回はそれがなかった。

いくら人間同士の争いに関心のない青海貴人とはいえ、国の存亡がかかっているときに、祈禱を無視しつづけたこと自体、異状だった。

周りの兵や、宮城の臣、そして勿論、父帝を中心とする皇族たちが動揺している。

神の託宣は下りた。

もう、皇族は皇族でいられない。

どこからか、啜り泣きの声が聞こえはじめる。

「我が血をわけしあらたなる皇帝が現れるまで、瑞宝、おまえが今の皇統においての最後の皇帝を務めればいい」

「……え」

瑞宝は、目を大きく見開く。

青海貴人の言葉は、あまりにも思いがけないものだった。

「しかし、わたしは若輩ゆえ……」

「おまえの傍らには、神がいよう。異国の神でも、神は神だ。力も知恵も経験もある。よき夫だろう」

まぶしくて、なにも見えない。ただ、高らかな笑い声が聞こえた。

「新しく選んだ皇帝を、この宮城につれてくるまで、おまえは華南の国を守りつづけるがよい。前《さき》の皇帝の一族として、最後の務めだ。おまえが今の皇族の中では一番骨があり、なにを守らなければならないのか、わかっているようだからな」

「……そんな、勿体ないお言葉です……」

恐縮しきった瑞宝だが、それ以上青海貴人は応えない。すべての託宣は下したと、言わんばかりに。

やがて光が消え失せた時、既に青海貴人の姿はなかった。

そのかわり、そこには見覚えのある、黒髪の美丈夫の姿があった。

〝影〟の姿が。

気が付けば、瑞宝は〝影〟にしがみついていた。

「な、なぜあなたが⁉」

瑞宝は、慌てて〝影〟から身を離そうとする。

「待て、瑞宝。俺だ。御武王だ」

彼は、苦笑してみせた。

「これぞ真の和合、か。……おまえの神は、もっともなことを、ひねた表現で語るんだな。根性が悪い」

「え……」

瑞宝は目を丸くした。

御武王は、穏やかに微笑む。

「〝影〟だと言っていただろう？」

「で、では、あれも……、我が君ということですか」

かあっと、瑞宝は真っ赤になる。

己の淫らさも何もかも、彼に見られていたのだ。

「……ああ。すまんな、黙っていて。俺にも欲があったから、ああでもしておかないと、無理矢理おまえを抱いてしまいそうだったんだ。そんなことをすれば、永遠に青海貴人の呪いは解けない。だから……」

御武王は、苦笑する。

「だが、そんなことはどうでもよくなってから、こうして元の姿に戻れるとは、皮肉なことだな」

御武王は、強く瑞宝を抱きしめた。

「おまえをこの腕で抱けるとは……。それだけは、元の姿に戻ってよかった」

「我が君……」

たかぶった想いで胸がいっぱいになって、涙が溢れる。

混乱する王城の様子が、気にならないと言えば嘘になる。それに、一族がどうなるか心配でもあった。

将兵や宮臣たちは、瑞宝に対して平服している。

御武王の腕に抱かれたまま、思わず父帝の姿を探せば、彼は膝をついたまま、がっくりとうなだれていた。

「陛下……」

思わず父帝に呼びかけると、彼はふいに顔を上げた。

そして、力なく首を横に振る。

何か諦めたような表情をしていた。

父帝も、悟ったのだろう。一連のことで、皇帝としての度量を計られていたのだと。

そしてその結果、青海貴人の加護は離れた。

神に託された、正統な権力が今奪われたのだ。

父帝は弱い人だった。

でも、根は善良な人でもあった。

心は千々に乱れ、揺れているだろうが、この土壇場で、神の判断を受け入れ、従うことを決めたようだ。

「我らは去ろう。だが、おまえはここに残れ。……いや、お残りください」

疲れきったように、父帝は呻いた。

「新帝陛下」

瑞宝は跪拝する。

「……ご無事を祈っております」

そう告げるのが、精一杯だった。

一族がこの宮城を明け渡し、去っていったら、父帝とは二度と会うことはできないかもしれない。

それを思うと哀しくて、言葉を失う。

「おまえに、幸運がありますように」

そう、最後に父帝が呟いてくれたことで、瑞宝は救われたような気がした。

＊　＊　＊

青海貴人の裁可を受けてから、御武王と瑞宝は洞穴に戻った。

短いふたりでの暮らしの中で、買い集めたものもある。想い出の詰まったそれらを捨ておくことはできなかったし、父帝たちが宮城を退去するまでは、我が物顔であの城に入る気にもなれなかった。

ふたりっきりになったとたん、瑞宝はようやくほっと息がつけた。

あまりにも一度にたくさんのことがありすぎたから、鈍くなっていたのかもしれないが、やはり緊張しきっていたようだ。

天駆る狼の姿から、御武王が人身に戻る。

あらためて見ても、惚れ惚れするほどの美丈夫だった。

「……二人で、戻ってこられてよかった」

「はい」

瑞宝は、控えめに頷いた。

御武王は、瑞宝を腕に掻き抱いた。

腕の感触を、楽しんでいるような表情をしていた。

「本当に美しいな、おまえは。このように飾られていると、とりわけ映える」

「いいえ、我が君。わたしは、このような格好よりも、もっと楽に動ける衣がよいです。我が君のお世話を、させていただくのですから」

「皇帝みずからか？」

からかうように笑われて、瑞宝は頬を赤く染めた。

「……お人が悪いです」

瑞宝は次の皇統に国を引き渡すまで、できるかぎりのことをするだけだ。自分の役割は、そういうものと理解している。宮城の人々も、そうだろう。

「そう言うな。俺が、着飾らせたいのだから」

御武王は、瑞宝の頬を優しく撫でた。

「勿論、着飾らなくてもおまえは美しい。何よりも、心映えが」

「そんなこと……」

瑞宝は、はにかむような表情になる。

御武王は、よく瑞宝を褒めてくれる。

愛の言葉もくれる。

でも、どれだけそれを囁かれても、馴れることはない。

毎回、胸をときめかせている。

「本来の目的を忘れて、愛しくてたまらなくなったくらいだ。俺は、おまえのすべてに惹かれてしまった」

両手で頰を包まれ、表情を覗きこまれる。

瑞宝もまた、潤んだ瞳で御武王を見上げた。

「我が君、わたしも……。お慕いしております」

拙いが、精一杯の告白だった。

そっと呟いて逞しい胸に寄り添うと、彼はしっかりと抱きしめてくれた。

そして顔を近づけてきたと思うと、瑞宝の口唇を吸う。

「……ん……」

口づけは、あまりにも優しかった。

ゆるゆるとくちびるを合わせ、擦ると、そのまま舌で間を割られ、口の中へと御武王が

忍びこんでくる。

後頭部を強く鷲摑《わしづか》みされると、そのまま接吻は深くなっていく。喉奥の柔らかい場所を舌でなぞられた途端、全身を熱に包まれた。

「……ん、はふ……っ」

小さく喘ぐと、そっと衣の合わせに御武王の指がかかる。

「……この衣はよく似合っているが……。脱がせてもいいか」

彼は、甘い声音で誘う。

「二つ身を、一つにしたい」

「今こそ」と耳打ちされて、全身が紅潮する。

そのために、体を馴らされたりしてきた。しかし、いざそのときが来るとは、考えてもみなかった。

優しく抱き寄せられ、心音が高鳴る。

この腕を拒む理由なんて、どこにもない。

「……はい」

瑞宝は頬を染め、小さく頷く。

御武王の両腕に抱えあげられたと思うと、そのまま寝台へとさらわれた。

衣の合わせを開かれて、肌をさらされる。

飲まされ続けていた薬の影響はとうに抜けたはずだが、少し触れられるだけで、下半身が熱を持つ。

あのはしたない自分を御武王の前にさらすのかと思うと、恥ずかしくてたまらなくなる。

そして、その羞恥が、逆に瑞宝を高めていく。

「……、や……っ」

瑞宝は顔を覆った。

羞恥心すら快感に変える、自分のはしたなさが辛い。

頬が上気し、体は熱くなっているけれども、それがますます瑞宝を追い詰める。

これだけの触れあいで、こんなに熱くなってしまう。

御武王に抱かれたら、いったいどうなってしまうのだろう。

「恥ずかしがらなくていい。すべてを、俺に見せろ」

「……で、でも……」

「おまえが俺で乱れてくれればくれるほど、可愛くて仕方がない」

甘い言葉を囁いて、御武王は瑞宝を宥めようとする。

「……それにしても、おまえさえいれば獣身で構わないというのも本心だが、やはり人身はいいものだ。こうして、この腕でおまえを抱けるのだから」

御武王は目を細める。

愛しげな表情に、胸が高鳴った。

「……我が君……」

「愛している、瑞宝」

囁く言葉は力強く、そしてますます瑞宝の熱を高めていく。

「お慕いしています、我が君……」

ふたたび、くちびるを吸われた。

柔らかく、それを合わせ、吸いあうだけで、ぼうっと頭の芯が痺れてくる。それに、体は熱を帯びていった。

体が熱くなると、自然に膝が開いた。

快楽を教えられてしまった体は、すぐに熱に反応してしまうのだ。

「……ん、ふ……っ」

口腔を、舌がまさぐる。

丹念に濡れた粘膜を舐められ、さらに奥深いところまで舌を押しこめられる。うっと噎せるような感覚に、思わず息が零れた。

とろりと、御武王の唾液が自分の中に溶け込んでくる。それを受け止めると、体に盛りがついたようになった。

薬を飲まされた時よりも、ずっと気持ちがいい。

「……もう、こんなに感じているんだな」

「あうっ」

下肢を握られ、思わず瑞宝は声を上げる。

そこを、直接握ってもらえるのは初めてだった。

「いやらしい体だ。もう、こんなに反応して」

すでに熱を帯び、硬くなりはじめたものを、ゆるゆると握りこまれる。筒状にされた手のひらで軽くそこを擦られるだけで、淡い戦慄《せんりつ》が瑞宝の背筋を駆けた。

「……我が君が……、わたしに妻の心得を教えてくださったからです……っ」

奥手だった瑞宝は、本当に何も知らなかった。

その体を、御武王がいかがわしく染めていったのだ。

だから、こんなふうに触れるだけで体が火照り、乱れていってしまう。

「あ、我が君、いけません……っ」

一方的に、熱を高められていく。しとどに濡れだした下肢の疼きは耐えがたく、瑞宝は腰を揺らめかせる。

——やっ、中……が……。

触れられているところだけではなく、身の内側に火が灯る。みずからの指で、『妻』になるために馴らしてきた場所が。

その疼きは耐えがたいほど強烈で、瑞宝は喘ぐようにくちびるを震わせた。

「……あ、ん……っ」

片手で御武王に縋りながら、まるで本能のように瑞宝はみずからの臀部に指を滑らせていく。

——こんな、はしたない……。はしたないのに……っ。

でも、そうせずにはいられなかった。

丸みを帯びた丘の狭間、そこは指先を待ちかねていた。内側から花開くように綻び、瑞宝の指先を呑みこんだ。

「あ……っ」

疼きうねるひだに指を与えると、待ちかねていたようにむしゃぶりついてくる。きゅうきゅうと、自分の指を締めつけるそこは、とてもはしたない。淫らで、浅ましい。

それなのに、とても気持ちがよかった。

「……ん、あ……っ、あ、ああっ！」

御武王に見つめられるまま、瑞宝はみずからを慰めはじめる。

「……は、はずかしい……っ、けど、気持ちいい……っ」

「……本当に、よさそうな顔をするな」

「ひゃうっ！」

ひときわ強く下肢を握りこまれ、思わず瑞宝は甲高い悲鳴を上げた。

「中が、そんなに気持ちいいのか？　ん？　男の部分と、どちらが好きなんだ？」

「……あ、いやぁ、ん……っ！」

中を弄ることに馴らされてしまった体は、快楽を着実に拾っていく。乱れ、息も絶え絶えになりながら、瑞宝は喘いだ。

「見ないで、お許しくださいませ、我が君……っ」

「そんなに、中を弄るのが好きか？」

瑞宝は、涙を浮かべる。

たしかに、中は気持ちいい。そこの快感は、すでにやみつきになるほど知っている。

けれども、なによりも気持ちがいいのは、御武王が触れている場所だった。

「……わ、我が君の……。我が君のお体が、気持ちよいのです……っ。気持ちよくなると、わたしの中、疼いて、うねって……っ」

泣き咽《むせ》ぶように、瑞宝は訴える。

疼きを止めたくて、指を咥えた。けれども物足りなくて、きつく締めつけている。

きっと御武王が触ってくれたら、もっと気持ちよくなれる。そうしたら、この物足りない疼きも、もっと楽になるかもしれない。

「おまえは、本当にかわいらしいことを言うな」

ほくそ笑んだ御武王は瑞宝を横抱きにすると、そのまま寝台に横たえた。

「……我が君……」

恥じらいながらも、瑞宝は足を左右に開く。そうすることで、もっと御武王に触れてもらえるように。

「わ、わたしの気持ちのよいところに、我が君の御身をくださいませ……」

きゅんとすぼまった小さな孔が、御武王を意識したとたんに、柔らかく花開いていく。

指を当てて横に引っ張るように抑えるだけで、そこはぽっかりと口を開けてしまった。

御武王のために広げられ、馴らされた場所だ。

教えられた快楽に、ただ瑞宝は素直だった。

御武王の妻になるために、すべては準備されていた。

「……そんなことをされると、抑えがきかなくなるだろうが」

喉を鳴らした御武王は、いきなり深く腰を重ねてきた。

「おまえが愛しいよ、瑞宝」

「あ……っ」

太く猛ったものが、瑞宝の小さな孔を穿つ。それは今まで味わったことがないほど、太く、硬く、そして熱かった。

「……あっ、我が君……、我が君、お慕いしています……」

精一杯の思いを伝え、彼の背中を掻き抱くと、固く、きつく抱擁された。

一つになれたことに心の底からの喜びを感じながら、瑞宝は最愛の神と深く交わっていった。

あとがき

こんにちは、はじめまして。柊平《くいびら》ハルモと申します。

このたびは、この本をお手にとってくださいまして、本当にありがとうございました。

久々のプラチナ文庫さん発行の本で、いつもと少々毛色と違うファンタジーっぽいお話でしたが、いかがでしたでしょうか。ファンタジーといっても、ごらんの通り、ケモ耳と触手で、新婚らぶらぶネタがそんなに書きたかったんだね……という感じのお話になっています。ちょっとでもお楽しみいただけたら嬉しいです。今回は、エッチシーン少し多めになりましたが、いかがでしたでしょうか。楽しんでいただけたなら、幸いです。

受が久々箱入り系なのも、個人的には書いていてとても楽しかったです。やっぱり年の差カップル大好きだなあと、あらためて。今回、獣形態での絡みは書かなかったんですが（実はぎりぎりまで悩んでいました……）、「愛しているなら、どんな姿の攻でも受け入れられるはず！」と、明後日の方向に全力疾走して、狼形態の攻にエッチを迫る受の小話を書けなかったのが少々心残りなので、機会があれば同人誌にでもできればいいな、と思っています。

　ここ数年、なかなか思うようにお話を書けない状態が続いていて、この原稿も何年も手元にあったものなので、こうして本の形になったことで、肩の荷が下りたような心地でいます。実は、三人の担当さんにご担当いただいたお話です。どの担当さんにも根気強く励ましていただきました。おかげで、完成までこぎつくことができました。本当にありがとうございました。

　かわいらしいイラストで、この本を飾ってくださいましたイラストレーターの壱也《いちや》さま、本当にありがとうございました。いつも、美麗なカラーイラストを、とりわけ楽しみにしております。今回も素敵なイラストを描いていただけて、嬉しかったです。

　あらためまして、この本をお手にとってくださいました皆さま、ありがとうございました。こうして本が出るのも、拙作をごらんくださいます、皆さまのおかげです。重ねてになりますが、本当に本当にありがとうございます。お読みくださいました皆さまに、少しでも楽しんでいただけるものを、細く長く書き続けていければと思っていますので、どこかでお見かけの際には、お手にとっていただけたら嬉しいです。

　それでは、またお会いできますように。

柊平ハルモ

新妻《にいづま》と獣《けもの》な旦那《だんな》さま

プラチナ文庫をお買いあげいただき、ありがとうございます。
この作品を読んでのご意見・ご感想をお待ちしております。

★ファンレターの宛先★

〒102-0072　東京都千代田区飯田橋3-3-1
プランタン出版　プラチナ文庫編集部気付
柊平ハルモ先生係 / 壱也先生係

各作品のご感想をWEBサイトにて募集しております。
プランタン出版WEBサイト http://www.printemps.jp

著者――柊平ハルモ（くいびら はるも）
挿絵――壱也（いちや）
発行――プランタン出版
発売――フランス書院
〒102-0072　東京都千代田区飯田橋3-3-1
電話（営業）03-5226-5744
　　（編集）03-5226-5742
印刷――誠宏印刷
製本――若林製本工場

ISBN978-4-8296-2561-3 C0193

プラチナ文庫
Platinum Label

P2549

●好評発売中！●